作家出版社建社70周年珍本文库

策划 / 鲍 坚 张亚丽
终审 / 颜 慧 王 松 胡 军 方 文
监印 / 扈文建
统筹 / 姬小琴

出版说明

　　1953年，作家出版社在祖国蒸蒸日上的新气象中成立，至今谱写了70年华彩乐章。时代风起云涌间，中国文学名家力作迭出，流派异彩纷呈，取得的成绩令世人瞩目。作为中国出版事业的中坚力量，作家出版社在经典文学出版、作家队伍建设、文学风气引领等方面成就卓著，用一部部厚重扎实的作品，夯实了新中国文学的根基。为庆祝作家出版社成立70周年，向老一代经典作家致敬，向伟大的文学时代致敬，我们启动"作家出版社建社70周年珍本文库"文学工程，选取部分建社初期作家出版社首次出版的作品重装出版，彰显中国风格、中国气派和文学价值观上的人民立场，共同见证新中国文学事业的勃发和生机。相信这套文库的文学价值和社会意义，将随着时间的推移而日益显示出来。需要说明的是，由于一些原因，未能尽数收录建社初期所有重要作品，我们心存遗憾。衷心感谢中国作家协会、各位作家及作家亲属给予本文库的大力支持。

作家出版社

内容简介：

《海市》是杨朔的散文代表作，包含游记、人物特写、文学杂记等。杨朔是以一个诗人的心灵来感受生活并表现生活的。面对全新的时代，杨朔那颗火热、敏感的诗心，使他真切地感受到我国的社会主义事业如旭日东升，正在蓬勃发展，我们的人民有着时代的自信，能够创造出人类历史上永不凋谢的春天，从而激发出一种不可止的热烈、真挚、深沉的情感，写出了一篇篇充满浓郁诗情的锦绣文章。

杨朔

(1910—1968)

山东蓬莱人,当代著名散文家。20世纪30年代后期参加革命,开始文学创作。创作的中篇小说有《帕米尔高原的流脉》《红石山》,长篇小说有《三千里江山》,散文集有《东风第一枝》《海市》《生命泉》《亚洲日出》等。所作散文具有浓郁的诗意和情景交融的意境,风格含蓄婉丽,清新俊逸,有独特风格。

作家出版社 首版封面

《海市》

杨朔 著
作家出版社1960年1月

海市

杨朔 ○ 著

作家出版社

图书在版编目（CIP）数据

海市 / 杨朔著 . -- 北京：作家出版社，2023.10
（作家出版社建社 70 周年珍本文库）
ISBN 978-7-5212-2460-3

Ⅰ. ①海… Ⅱ. ①杨… Ⅲ. ①散文集 – 中国 – 当代 Ⅳ. ①I267

中国国家版本馆 CIP 数据核字（2023）第 156741 号

海市

| 策　　划：鲍　坚　张亚丽
| 统　　筹：姬小琴
| 作　　者：杨　朔
| 责任编辑：姬小琴
| 装帧设计：棱角视觉
| 出版发行：作家出版社有限公司
| 社　　址：北京农展馆南里 10 号　　邮　　编：100125
| 电话传真：86-10-65067186（发行中心及邮购部）
| 　　　　　86-10-65004079（总编室）
| E-mail: zuojia@zuojia.net.cn
| http://www.zuojiachubanshe.com
| 印　　刷：北京盛通印刷股份有限公司
| 成品尺寸：142×210
| 字　　数：93 千
| 印　　张：4.25
| 版　　次：2023 年 10 月第 1 版
| 印　　次：2023 年 10 月第 1 次印刷
| ISBN 978-7-5212-2460-3
| 定　　价：68.00 元

作家版图书，版权所有，侵权必究。
作家版图书，印装错误可随时退换。

目录

小序 / 001

十月北京城 / 001

香山红叶 / 007

蓬莱仙境 / 011

海市 / 019

泰山极顶 / 028

黄河之水天上来 / 032

万丈高楼平地起 / 036

张德胜 / 040

秘密列车 / 046

百花山 / 050

王禄小记 / 061

《铁流》的故事 / 066

埃及灯 / 071

金字塔夜月 / 075

亚洲日出 / 080

阿拉伯沙漠里的玫瑰 / 086

阿拉伯的夜 / 092

春雷一声 / 096

巴格达即景 / 100

献给中国的诗 / 104

我的改造 / 109

写作自白 / 113

夜读《志愿军一日》/ 123

《六十年的变迁》书后 / 125

寿亚非作家会议 / 127

小 序

我素来喜欢读散文。常觉得,好的散文就是一首诗。还记得我是孩子时候,有一个深秋的夜晚,天上有月亮,隔着窗户听人用高朗的音调读着《秋声赋》,仿佛自己也走进诗的境界。

当然,我喜欢散文,还有更重要的原因。散文常常能从生活的激流里抓取一个人物一种思想,一个有意义的生活断片,迅速反映出这个时代的侧影。所以一篇出色的散文,常常会涂着时代的色彩,富有战斗性。

于是我也学着写散文。学着运用这种形式来描写人民的斗争、劳动,以及人民的思想感情。特别是对于我不熟识的异国人民,小说无法写,写散文也有藏拙的好处。可惜我一直不是什么巧手,自然创造不出像样的货色。

这本集子所收起来的主要是我近年来写的一些散文特写,有游记,有人物特写,也有文学杂记一类东西,看起来有点杂,但都属于散文的范畴。其中有些篇先前曾用《亚洲日出》的书名印过小册子,现在重新删削,也拼到这里。

编完这本书时,恰巧正是一九五九年深秋的夜晚,天上有月亮，窗外刮着呼呼的秋风，因而记起小时候听人读《秋声赋》的情景。可是我今天感到的根本不像欧阳修那种萧瑟肃杀的心情。听着秋风，我好像听到千千万万人惊天动地的脚步正在奔腾前进。

作　者　1959年深秋，北京。

十月北京城

1949年2月的一天，风沙很大。北京前门大街一早晨就挤满人，锣鼓喧天，每人的眼睛都急切地朝南望着，正在等待什么。到十点钟，远远传来一阵雄壮的解放军进行曲，接着一支强大的解放军军队从永定门迈进北京。这是庆祝北京和平解放的入城大典。步兵、骑兵、炮兵、坦克……滚滚而来。两旁的人群都往前拥，争着爬到坦克上，骑到大炮筒子上，有人还用粉笔往炮手的背上写着："你们终于来了！"

当时我跟着队伍往前走，有一群青年围住我问道："你们是从哪儿来的？"我说："远啦。"人家又问："往哪儿去？"我说："往前面去。"事情相隔已经八年多，回想起来，我的答话实在不着边际。如果那群青年朋友还在北京的话，请你们将来一定去瞻仰瞻仰天安门前正在竖立的人民英雄纪念碑吧。这是座具有十分庄严的历史色彩的艺术品，绕着碑座一色是精致的雕刻，从烧鸦片到解放军胜利渡长江，其间每个重要的历史事件都有一幅大石刻。我从心里尊敬那些正在雕刻的石工。他们照着艺术家们塑出来的模型，一凿子一凿子地凿着石头，人物形象便从石面突出来。不但当年激动人心的历史场面再现到我们眼前,就是人物胳臂上的筋络、脸上的表情,处处都有活的感觉。历史是最明确的。近百年来,中国人民就是这样在大风大浪里奔跑着、战斗着,最终在1949年2月走进北京城。这就是我们的来处。

我们走进北京后,八年多来,又走到什么地方了?还是让事实来说明吧。

一个秋高气爽的日子,我到城南红星集体农庄去,会计主任范永柱领着我到处看了一遍。农庄实在是富足得很。奶牛都那么肥壮,性子也善良,见了生人,有的从木栏杆里探出头,拿鼻子闻你,要东西吃。有一头黑白相间的奶牛最出奇,乳房那么大,差不多拖到地面上,走路不小心,自己的蹄子把乳房都踢破了。饲养员使用布口袋兜着它的乳房,又用麻袋包着它的蹄子,免得再踢伤自己。据说,这头牛每天最多能出八十磅奶。今年的庄稼长得也好。玉米收割了,农民在收割后的田地里撒肥料,拖拉机正在翻地,准备播种小麦。农庄的庄员一见人,便笑着说:"好收成啊。"

我连着碰见不少农民,谈起话来,发觉他们都是外路口音,不是北京人。这有点怪。范永柱说:"你不知道,在清朝年间,这一带叫'海子里',是皇上的禁地,专供皇帝行围打猎用的。后来归到一些官僚地主手里。他们找了管事的,租给一些外来的穷人,让大伙吃大锅饭,给地主种地,所以当时叫'锅火地'。我们老一辈都是河间府人,逃荒逃到京城,没路走,才种这锅火地。其实这一带地坏得很,碱多,种玉米也捞不到什么,辛苦一年,连吃穿也混不上。"

说土地坏,我倒不懂了。庄稼明明长得不错啊!看那地里的棉花，刚裂了桃，像一团一团白雪似的。还有一望无边的稻田，稻穗透了黄，沉甸甸地垂着头，散出一股焖饭的香味。

范永柱告诉我说："这都是在成立集体农庄后，得到人民政府的帮助，大家挖稻池子，打电井，才连着把一千五百多亩干旱的碱地，都改造成了水稻田。"

打谷场上正有生产队在扬场。我看见个老奶奶坐在场头上的玉米堆里，剥着棒子皮，就走上去，一面帮着剥棒子，一面问："老大娘，多大年纪啦？还这么硬朗。"

老奶奶反问我道："你看我有多大啦？"

她头发花白，腰板挺直，耳不聋，眼也不花，做活还是怪麻利的。我端量着她问："有六十没有？"

老奶奶笑了两声说："八十挂零啦。"

旁边一个黑胡子的农民就笑着说："哎呀呀！阎王爷也拿你没办法，你倒越活越有味。"

老奶奶也笑着说："这是什么年头，阎王爷还管得着我，我愿意活多大就活多大。"

这虽说是笑话，却也有道理。一个掌握了自己命运的人是能够掌握自己的生命，使自己的青春常在的。这倒引得我想起一个名叫常在的蒙古族人。这人生在清朝末年，手巧，会用玻璃做葡萄，当年给西太后献葡萄，得到过西太后的赞赏。后来常在死了。三个女儿得到父亲的真传，做的葡萄像父亲一样好。可惜她们的技艺得不到重视。在日伪和国民党反动统治下，她们不得不做针线、烤白薯、炸麻花卖，胡乱混口吃的。说起她们做的葡萄，也真绝。我们大都看过电影《葡萄熟了的时候》，那满架又鲜又嫩的葡萄，谁看了不流口水？其实呢，都是她们做的软枝假葡萄。要不是解放后政府对她们重视，她们出色的工艺不知会沦到什么地步。

1956年1月1日,是常在的生日。就在这天,她们一早起来,换上新衣服,吃完打卤面,然后一起去参加了手工业合作社。从此,生活一天比一天宽,一天比一天强。

我去看她们时,老三死了,只剩下两个老姐妹,叫常桂福和常桂禄,都是六十以上的人。她们早先的命运是悲惨的。桂福年轻轻时便当了尼姑,两个妹妹终身都没出嫁。问起缘故,常桂禄说:"嗐!过去那苦日子,烦恼太多了,还不如干干净净的靠手艺吃饭,谁知吃的还是苦黄连。"现在她们带着侄女,收了几个女学徒,正把技艺传给下一代。做的葡萄有猫眼、牛奶、五月香、玫瑰香等许多精品,一嘟噜一嘟噜的,颜色鲜嫩,上面还挂着点霜,就像带着露水新摘下来似的。

这就是北京有名的"葡萄常"。这些可敬的老艺人,到满头清霜的年龄,倒更懂得用双手来美化我们的生活了。

实际上,今天每个劳动者谁又不在尽力使生活美化。熟悉北京的人,谁都记得往日东郊的情景。田野茫茫,荒坟垒垒,人烟是不多的。今天呢?大路纵横,满眼是绿阴阴的花木,遮掩着数不尽的高楼大厦。这都是各种新建的工厂,有的厂里的机器,全部是我们工人一手制造的。有个叫韩忆萍的纱厂铣工写过这样的诗:

　　　　城郊还笼罩着一层静静的晨烟
　　　　一群上工的姑娘在树林里出现
　　　　她们像喜鹊欢笑着拥进车间
　　　　车间充满了春天

这里的车间播种着奇异的种子
　　幸福的种子撒在纱锭上边
　　……
　　人们说春天是先到江南
　　谁知春天永远藏在我们车间

　　不错,我们的工人真像传说里的催花使者,到处催出万紫千红的花朵。韩忆萍的父亲是铁匠,韩忆萍从小也学打铁。解放军举行入城仪式那天,他还是孩子,满手沾着铁锈参加到前进的行列里来,现在,早变成个技术工人,还是诗人。类似这样有文学素养的工人,不在少数。我在北京国棉一厂还见到另一个叫范以本的青年试验工,也能写诗。范以本领我到他家去,他的老母亲坐在床边上,怀里抱着六个月的小孙子,正逗着玩。这位老人家早先年是上海一家纱厂的摇纱工,后来被资本家解雇了,穷得领着孩子讨饭。谈起往事,她说:"那时候,苦得很啊!早六点干到晚六点,挨打受气的,吃了早饭不知道有没有晚饭,整天泡在眼泪里。"临到老年,她两个儿子、一个媳妇都在北京国棉一厂做工,日子过得很舒心,常常睡着睡着就笑醒了。这母子两代都是纱厂工人,两代人的经历却像隔着两个世纪,多么悬殊。现在,共青团员范以本每天早晨起来,心里都怀着新的理想。他的理想多得像天上的星星,所有的理想却集中到劳动竞赛的大红花上。见了大红花他的心就跳,只想戴着它走过天安门,接受毛主席的检阅。有时激动得夜晚睡不着觉,就写诗。他写出这样的诗句来抒发工人阶级的情感:

　　用超音速步伐提前跑完五年路程

让生产的红星高高地飞到天空

年青的朋友，在入城大典那天，你们不是问我们往哪儿去么？这就是我们的去处。无疑的，你们也早加入中国人民前进的队伍，一同迈进光辉的社会主义了。这是我们的去处，却又不是最终的去处。更远大的目标还摆在我们前面。前进！前进！生活像大海。理想是不应该有止境的。

香山红叶

　　早听说香山红叶是北京最浓最浓的秋色,能去看看,自然乐意。我去的那日,天也作美,明净高爽,好得不能再好了;人也凑巧,居然找到一位老向导。这位老向导就住在西山脚下,早年做过四十年的向导,胡子都白了,还是腰板挺直,硬朗得很。

　　我们先邀老向导到一家乡村小饭馆里吃饭。几盘野味,半杯麦酒,老人家的话来了,慢言慢语说:"香山这地方也没别的好处,就是高,一进山门,门槛跟玉泉山顶一样平。地势一高,气也清爽,人才爱来。春天人来踏青,夏天来消夏,到秋天——"一位同游的朋友急着问:"不知山上的红叶红了没有?"

　　老向导说:"还不是正时候。南面一带向阳,也该先有红的了。"

　　于是用完酒饭,我们请老向导领我们顺着南坡上山。好清静的去处啊。沿着石砌的山路,两旁满是古松古柏,遮天蔽日的,听说三伏天走在树荫里,也不见汗。

　　老向导交叠着两手搭在肚皮上,不紧不慢走在前面,总是那么慢言慢语说:"原先这地方什么也没有,后面是一片荒山,只有一家财主雇了个做活的给他种地、养猪。猪食倒在一个破石槽里,可是倒进去一点食,猪怎么吃也吃不完。那做活的觉得有点怪,放进石槽里几个铜钱,钱也拿不完,就知道这是个聚宝盆了。到算工账的时候,做活的什么也不要,单要这个石槽。一个破石槽能值几个钱?财主乐得送个人情,就给了他。石槽太重,做活的扛到山里,就扛不动了,便挖个坑埋好,怕忘了地点,又拿一棵松树和一棵柏树插在上面做记号,自己回家去找人帮着抬。谁知返回来一看,满山都是松柏树,数也数不清。"谈到这儿,老人又慨叹说:"这真是座活山啊。有山就有水,有水就有脉,有脉就有苗,难怪人家说下面埋着聚宝盆。"

这当儿,老向导早带我们走进一座挺幽雅的院子,里边有两眼泉水。石壁上刻着"双清"两个字。老人围着泉水转了转说:"我有十年不上山了,怎么有块碑不见了?我记得碑上刻的是'梦赶泉'。"接着又告诉我们一个故事,说是元朝有个皇帝来游山,倦了,睡在这儿,梦见身子坐在船上,脚下翻着波浪,醒来叫人一挖脚下,果然冒出股泉水,这就是"梦赶泉"的来历。

老向导又笑笑说:"这都是些乡村野话,我怎么听来的,怎么说,你们也不必信。"

听着这个白胡子老人絮絮叨叨谈些离奇的传说,你会觉得香山更富有迷人的神话色彩。我们不会那么煞风景,偏要说不信。只是一路上山,怎么连一片红叶也看不见?

老人说:"你先别急,一上半山亭,什么都看见了。"

我们上了半山亭,朝东一望,真是一片好景。茫茫苍苍的河北大平原就摆在眼前,烟树深处,正藏着我们的北京城。也妙，本来也算有点气魄的昆明湖，看起来只像一盆清水。万寿山、佛香阁，不过是些点缀的盆景。我们都忘了看红叶。红叶就在高头山坡上，满眼都是，半黄半红的，倒还有意思。可惜叶子伤了水，红的又不透。要是红透了，太阳一照，那颜色该有多浓。

我望着红叶，问："这是什么树？怎么不大像枫叶？"

老向导说："本来不是枫叶嘛。这叫红树。"就指着路边的树，说："你看看，就是那种树。"

路边的红树叶子还没红，所以我们都没注意。我走过去摘下一片，叶子是圆的，只有叶脉上微微透出点红意。

我不觉地叫起来："哎呀！还香呢。"把叶子送到鼻子上闻了闻，那叶子发出一股轻微的药香。

另一位同伴也嗅了嗅，叫："哎呀！是香。怪不得叫香山。"

老向导也慢慢说："真是香呢。我怎么做了四十年向导，早先就没闻见过？"

我的老大爷，我不十分清楚你过去的身世，但是从你脸上密密的纹路里，猜得出你是个久经风霜的人。你的心过去是苦的，你怎么能闻到红叶的香味？我也不十分清楚你今天的生活，可是你看，这么大年纪的一个老人，爬起山来不急，也不喘，好像不快，我们可总是落在后边，跟不上。有这样轻松脚步的老年人，心情也该是轻松的，还能不闻见红叶香？

老向导就在满山的红叶香里，领着我们看了"森玉笏"、"西山晴雪"、昭庙，还有别的香山风景。下山的时候，将近黄昏。一仰脸望见东边天上现出半轮上弦的白月亮，一位同伴忽然记起来，说："今天是不是重阳？"一翻身边带的报纸，原来是重阳的第二日。我们这一次秋游，倒应了重九登高的旧俗。

也有人觉得没看见一片好红叶，未免美中不足。我却摘到一片更可贵的红叶，藏到我心里去。这不是一般的红叶，这是一片曾在人生中经过风吹雨打的红叶，越到老秋，越红得可爱。不用说，我指的是那位老向导。

蓬莱仙境

夜来落过一场小雨，一早晨，我带着凉爽的清气，坐车往一别二十多年的故乡蓬莱去。

许多人往往把蓬莱称做仙境。本来难怪，古书上记载的所谓海上三神山不就是蓬莱、方丈、瀛洲？民间流传极广的八仙过海的神话，据白松子老人家说，也出在这一带。二十多年来，我有时怀念起故乡，却不是为的什么仙乡，而是为的那儿深埋着我童年的幻梦。这种怀念有时会带点苦味儿。记得那还是朝鲜战争的年月，一个深秋的傍晚，敌机空袭刚过去，我到野地去透透气。四野漫着野菊花的药香味，还有带水汽的蓼花味儿。河堤旁边，有两个面黄肌瘦的朝鲜放牛小孩把洋芋埋在沙里，下面掏个洞，正用干树枝烧着吃。看见这种情景，我不觉想起自己的童年。我想起儿时家乡的雪夜，五更天，街头上远远传来的那种怪孤独的更梆子声；也想起深秋破晓，西北风呜呜扑着纸窗，城头上吹起的那种惨烈的军号声音。最难忘记的是我一位叫婀娜的表姐，年岁比我大得多，自小无父无母，常到我家来玩，领着我跳绳、扑蝴蝶，有时也到海沿上去捡贝壳。沙滩上有些小眼,婀娜姐姐会捏一根草棍插进去,顺着草棍扒沙子。扒着扒着,一只小螃蟹露出来,两眼机灵灵地直竖着,跟火柴棍一样,忽然飞也似的横跑起来,惹得我们笑着追赶。后来不知怎的,婀娜姐姐不到我们家来了。我常盼着她,终于有一天盼来,她却羞答答地坐在炕沿上,看见我,只是冷淡淡地一笑。

我心里很纳闷,背后悄悄问母亲道:"婀娜姐姐怎么不跟我玩啦?"

母亲说:"你婀娜姐姐定了亲事,过不几个月就该出阁啦,得学点规矩,还能老疯疯癫癫的,跟你们一起闹。"

婀娜姐姐出嫁时,我正上学,没能去。听说她嫁的丈夫是个商店的学徒,相貌性情都不错,就是婆婆厉害,常给她气受。又过几年,有一回我到外祖母家去,看见炕上坐着个青年妇女,穿着一身白,衣服边是毛的,显然正带着热孝。她脸色焦黄,眼睛哭得又红又肿,怀里紧紧搂着一个吃奶的男孩子。我几乎认不出这就是先前爱笑爱闹的婀娜姐姐。外祖母眼圈红红的,告诉我说婀娜姐姐的丈夫给商店记账,整年整月伏在桌子上,累得吐血,不能做事,被老板辞掉。他的病原不轻,这一急,就死了。婀娜姐姐把脸埋在孩子的头发里,呜呜咽咽只是哭。外祖母擦着老泪说:"都是命啊!往后可怎么过呢!"

再往后,我离开家乡,一连多少年烽火遍地,又接不到家乡的音信,不知道婀娜姐姐的命运究竟怎样了。

这许多带点苦味的旧事,不知怎的,一看见那两个受着战争折磨的朝鲜小孩,忽然一齐涌到我的脑子里来。我想:故乡早已解放,婀娜姐姐的孩子也早已长大成人,她的生活该过得挺不错吧?可是在朝鲜,在世界别的角落,还有多少人生活在眼泪里啊！赶几时，我们才能消灭战争，我可以回到祖国，回到故乡，怀着完全舒畅的心情，重新看看家乡那像朝鲜一样亲切可爱的山水人物呢？一时间，我是那样的想念家乡，想念得心都有点发痛。

而在1959年6月，石榴花开时，我终于回到久别的故乡。车子沿着海山飞奔，一路上，我闻见一股极熟悉的海腥气，听见路两边飞进车来的那种极亲切的乡音，我的心激荡得好像要溶化似的，又软又热。路两旁的山海田野，处处都觉得十分熟悉，却又不熟悉。瞧那一片海滩，滩上堆起一道沙城，仿佛是我小时候常去洗澡的地场。可又不像。原先那沙城应该是一道荒岗子，现在上面分明盖满绿葱葱的树木。再瞧那一个去处，仿佛是清朝时候的"校场"，我小时候常去踢足球玩。可又不像。原先的"校场"根本不见，那儿分明立着一座规模蛮大的炼铁厂。车子东拐西拐，拐进一座陌生的城市，里面有开阔平坦的街道，亮堂堂的店铺，人烟十分热闹。我正猜疑这是什么地方，同行的旅伴说："到了。"

想不到这就是我的故乡。在我的记忆当中，蓬莱是个古老的小城，街道狭窄，市面冷落，现时竟这样繁华，我怎能认识它呢？它也根本不认识我。我走在街上，人来人往，没有一个人认识我是谁。本来嘛，一去二十多年，当年的旧人老了，死了，年轻的一代长起来，哪里会认识我？家里也没什么人了，只剩一个出嫁的老姐姐，应该去看看她。一路走去，人们都用陌生的眼神望着我。我的心情有点发怯：只怕老姐姐不在，又不知道她的命运究竟怎样。

老姐姐竟不在。一个十六七岁的姑娘迎出屋来，紧端量我，又盘问我是谁，最后才噢噢两声说："原来是二舅啊。俺妈到街上买菜去啦,我去找她。"

等了好一阵,一个五十岁左右的妇女走进屋来,轻轻放下篮子,挺温柔地盯着我说:"你是二兄弟么?我才在街上看见你啦。我看了半天,心想:'这可是个外来人。'就走过去了——想不到是你。"

刚才我也没能认出她来。她的眼窝塌下去,头发有点花白,一点不像年轻时候的模样。性情却没变,还是那么厚道,说话慢言慢语的。她告诉我自己有三个闺女,两个大的在人民公社里参加农业劳动,刚拔完麦子,正忙着在地里种豆子,栽花生;刚才那个是最小的,在民办中学念书,暑假空闲,就在家里给烟台手工艺合作社绣花。我们谈着些家常话,到末尾,老姐姐知道我住在县委机关里,便叫我第二天到她家吃晚饭。我怕她粮食不富裕,不想来。她说:"来嘛!怕什么?"便指一指大笸箩里晾的麦子笑着说:"你看,这都是新分的,还不够你吃的?去年大跃进,就不错,今年小麦的收成比往年更强,你还能吃穷我?"

我只得答应。原以为是一顿家常便饭,不想第二天一去,这位老姐姐竟拿我当什么贵客,摆出家乡最讲究的四个盘儿:一盘子红烧加级鱼,一盘子炒鸡蛋,一盘子炒土豆丝,一盘子凉拌粉皮。最后吃面,卤子里还有新晒的大虾干。

我不禁说:"你们的生活不错啊。"

老姐姐漫不经心一笑说:"是不错嘛,你要什么有什么。"

我们一面吃着饭菜,喝着梨酒,一面谈着这些年别后的情况,也谈着旧日的亲戚朋友,谁死了,谁还活着。我忽然想起婀娜姐姐,就问道:"可是啊,咱们那个表姐还好吧?"

老姐姐问道:"哪个表姐?"

我说:"婀娜姐姐呀。年轻轻的就守寡,拉着个孩子,孩子早该长大成人啦。"

老姐姐说:"你问的是她呀。你没见她那孩子,后来长得可壮啦,几棒子也打不倒。那孩子也真孝顺,长到十几岁就去当学徒的,挣钱养活他妈妈。都说:这回婀娜姐姐可熬出来了——不承想她孩子又死了。"

我睁大眼问:"怎么又死了?"

老姐姐轻轻叹口气说:"嗜!还用问,反正不会是好死。听说是打日本那时候,汉奸队抓兵,追得那孩子没处跑,叫汉奸队开枪打死了,尸首都扔到大海里去。"

我急着问道:"后来婀娜姐姐怎么样啦?"

老姐姐说:"她呀,孩子一死,丢下她一个人,孤苦伶仃,无依无靠,就像痴子似的,一个人坐在大海边上,哭了一天一夜,哭到最后说:'儿啊,你慢走一步,等着你娘!'就拿袄襟一蒙脸,一头碰到大海里了。"

我听了,心里好惨,半天说不出话。

老姐姐又轻轻叹口气说:"嗜!她从小命苦,一辈子受折磨,死得实在可怜。"

这时候,我那最小的外甥女瞟我一眼说:"妈!你怎么老认命?我才不信呢。要是婀娜表姨能活到今天,你看她会不会落得这样惨?"

说得对,好姑娘。命运并非有什么神灵在冥冥中主宰着,注定难移。命运是可以战胜的。命运要不是捏在各色各样吃人妖精的手心里,拿着人民当泥团搓弄,而是掌握在人民自己的手里,人民便能够创造新的生活,新的历史,新的命运。且看看故乡人民是怎样在催动着千军万马,创造自己金光闪闪的事业吧。

他们能在一片荒沙的海滩上到处开辟出碧绿无边的大果园，种着千万棵葡萄和苹果。葡萄当中有玫瑰香，苹果里边有青香蕉、红香蕉，都是极珍贵的品种。杂果也不少：紫樱桃、水蜜桃、大白海棠等，色色俱全。海上风硬，冬天北风一吹，果树苗会冻死半截，到春天又发芽，再一经冬，又会死半截。人民便绕着果园外边的界线造起防风林，栽上最耐寒的片松、黑松和马尾松，以及生长最泼的刺槐和紫穗槐，差不多一直把树栽到海里去。于是公社的社员便叫先前的荒滩是金沙滩，每棵果木树都叫摇钱树……

他们还能把先前荒山秃岭的穷山沟，变成林木苍翠的花果山。蓬莱城西南莱山脚下的七甲公社便是这样的奇迹之一。原先农民都嫌这里没出息：要山山不好，要地地不好，要道道不好——有什么指望？水又缺，种庄稼也会瘦死。莱山下有个村庄叫郭家村，多年流传着四句歌谣：

　　　有姑娘不给郭家村　　抬水抬到莱山根
　　　去时穿着绣花鞋　　　回来露着脚后跟

可见吃水有多难。不过这都是旧事了。目前你要去看看，漫坡漫岭都是柿子、核桃、山楂、杜梨一类山果木。风一摇，绿云一样的树叶翻起来，叶底下露出娇黄新鲜的大水杏，正在大熟。顺着山势，高高低低修了好多座小水库，储存山水，留着浇地，你一定得去看看郭家村，浇地的水渠正穿过那个村庄，家家门前都是流水。一个五十多岁的老大娘盘着腿坐在蒲垫子上，就着门前流水洗衣裳，身旁边跑着个小孙女，拿着一棵青蒿子捕蜻蜓。说不定为吃水，这位老大娘当年曾经磨破过自己出嫁的绣花鞋。我拿着一朵红石榴花要给那小女孩。老大娘望着小孙女笑着说："花！花！"自己却伸手接过去，歪着头斜插到后鬓上，还对水影照了照。也许她又照见自己当年那俊俏的面影了吧。

顶振奋人心的要算去年大跃进时动工修筑的王屋水库，蓄水量比十三陵水库还要大，却由一个县的力量单独负担着。山地历来缺雨，十年九旱，有一年旱得河床子赤身露体，河两岸的青草都干了。人民便选好离县城西南七十多里一个叫王屋的地方，开凿山岚，拦住来自栖霞县境蚕山的黄水河，造成一片茫茫荡荡的大湖。我去参观时，千千万万农民正在挖溢洪道。水库李政委是个热情能干的军人，领我立在高坡上，左手叉腰，右手指点着远山近水，告诉我将来哪儿修发电站，哪儿开稻田；哪儿栽菱角荷花，哪儿喂鸡子养鱼。说到热烈处，他的话好像流水，滔滔不绝。结尾说："再过几年你回家来，就可以吃到湖边上栽的苹果，湖里养的鱼和水鸭子蛋，还可以在水库发电站发出的电灯光下写写你的故乡呢——不过顶好是在那湖心的小岛子上写，那时候准有疗养所。"

说着，李政委便指着远处一块翠绿色的高地给我看。原是个村儿，于今围在湖水当中。我问起村名，李政委又像喷泉一样说："叫常伦庄，为的是纪念抗日战争时期一个英雄。那英雄叫任常伦，就出在那个村儿。任常伦对党对人民，真是赤胆忠心，毫无保留。后来在1943年，日本鬼子扫荡胶东抗日根据地，任常伦抱着挺机枪，事先埋伏在栖霞一个山头上堵住敌人，打死许多鬼子，末尾跟鬼子拼了刺刀，自己也牺牲了。人民怀念他的忠烈，还在当地替他铸了座铜像呢。"

我听着这些话，远远望着那山围水绕的常伦庄，心里说不出的激荡。这个人，以及前前后后许多像他同样的人，为着掀掉压在人民头上的险恶大山，实现一个远大的理想，曾经付出多么高贵的代价，战斗到死。他们死了，他们的理想却活着。请看，任常伦家乡的人民不是正抱着跟他同样的信念，大胆创造着自己理想的生活？

　　而今天，在这个温暖的黄昏里，我和老姐姐经过二十多年的乱离阔别，又能欢欢喜喜聚在一起，难道是容易的么？婀娜姐姐死而有知，也会羡慕老姐姐的生活命运的。

　　那小外甥女吃完饭，借着天黑前的一点暗亮，又去埋着头绣花。我一时觉得，故乡的人民在不同的劳动建设中，仿佛正在抽针引线，共同绣着一幅五色彩画。不对。其实是全中国人民正用祖国的大地当素绢，精心密意，共同绣着一幅伟大的杰作。绣的内容不是别的，正是人民千百年梦想着的"蓬莱仙境"。

海　市

　　我的故乡蓬莱是个偎山抱海的古城，城不大，风景却别致。特别是城北丹崖山峭壁上那座凌空欲飞的蓬莱阁，更有气势。你倚在阁上，一望那海天茫茫、空明澄碧的景色，真可以把你的五脏六腑都洗得干干净净。这还不足为奇，最奇的是海上偶然间出现的幻景，叫海市。小时候，我也曾见过一回。记得是春季，雾蒙天，我正在蓬莱阁后拾一种被潮水冲得溜光滚圆的玑珠，听见有人喊："出海市了。"只见海天相连处，原先的岛屿一时不知都藏到哪儿去了，海上劈面立起一片从来没见过的山峦，黑苍苍的，像水墨画一样。满山都是古松古柏；松柏稀疏的地方，隐隐露出一带渔村。山峦时时变化着，一会儿山头上幻出一座宝塔，一会儿山洼里又现出一座城市，市上游动着许多黑点，影影绰绰的，极像是来来往往的人马车辆。又过一会儿，山峦城市慢慢消下去，越来越淡，转眼间，天青海碧，什么都不见了，原先的岛屿又在海上重现出来。

　　这种奇景，古时候的文人墨客看到了，往往忍不住要高声咏叹。且看蓬莱阁上那许多前人刻石的诗词，多半都是题的海市蜃楼，认为那就是古神话里流传的海上仙山。最著名的莫过于苏东坡的海市诗，开首几句写着："东方云海空复空，群仙出没空明中。摇荡浮世生万象，岂有贝阙藏珠宫……"可见海市是怎样的迷人了。

只可惜这种幻景轻易看不见。我在故乡长到十几岁，也只见过那么一回。故乡一别，雨雪风霜，转眼就是二十多年。今年夏天重新踏上那块滚烫烫的热土，爬到蓬莱阁上，真盼望海上能再出现那种缥缥缈缈的奇景。偏我来得不是时候。一般得春景天，雨后，刮东风，才有海市。于今正当盛夏，岂不是空想。可是啊，海市不出来，难道我们不能到海市经常出现的地方去寻寻看么？也许能寻得见呢。

于是我便坐上船，一直往海天深处开去。好一片镜儿海。海水碧蓝碧蓝的，蓝得人心醉，我真想变成条鱼，钻进波浪里去。鱼也确实写意。瞧那海面上露出一条大鱼的脊梁，像座小山，那鱼该有十几丈长吧？我正看得出神，眼前刺溜一声，水里飞出另一条鱼，展开翅膀，贴着水皮飞出去老远，又落下去。

我又惊又喜问道："鱼还会飞么？"

船上掌舵的说："燕儿鱼呢，你看像不像燕子？烟雾天，有时会飞到船上来。"那人长得高大健壮，一看就知道是个航海的老手，什么风浪都经历过。他问我道："是到海上去看捕鱼的么？"

我说："不是，是去寻海市。"

那舵手瞟我一眼说："海市还能寻得见么？"

我笑着说："寻得见——你瞧，前面那不就是？"就朝远处一指，那儿透过淡淡的云雾，隐隐约约现出一带岛屿。

那舵手稳稳重重一笑说："可真是海市，你该上去逛逛才是呢。"

赶到船一靠近岛屿,我便跨上岸,走进海市里去。

果然不愧是"海上仙山"。这一带岛屿烟笼雾绕,一个衔着一个,简直是条锁链子,横在渤海湾里。渤海湾素来号称北京的门户,有这条长链子挂在门上,门就锁得又紧又牢。别以为海岛总是冷落荒凉的,这儿山上山下,高坡低洼,满眼葱绿苍翠,遍是柞树、槐树、杨树、松树,还有无数冬青、葡萄以及桃、杏、梨、苹果等多种果木花树。树叶透缝的地方,时常露出一带渔村,青堂瓦舍,就和我小时候在海市里望见的一模一样。先前海市里的景物只能远望,不能接近,现在你却可以走进渔民家去,跟渔民谈谈心。岛子上四通八达,到处是浓荫夹道的大路。顺着路慢慢走,你可以望见海一般碧绿的庄稼地里闪动着鲜艳的衣角,那是喜欢穿红挂绿的渔家妇女正在锄草。有一个青年妇女却不动手,鬓角上插着枝野花,立在槐树凉影里,倚着锄,在做什么呢?哦!原来是在听公社扩音器里播出的全国小麦大丰收的好消息。

说起野花,也是海岛上的特色。春天有野迎春;夏天太阳一西斜,漫山漫坡是一片黄花,散发着一股清爽的香味。黄花丛里,有时会挺起一枝火焰般的野百合花。凉风一起,蟋蟀叫了,你就该闻见野菊花那股极浓极浓的药香。到冬天,草黄了,花也完了,天上却散下花来,于是满山就铺上一层耀眼的雪花。

立冬小雪,正是渔民拉干贝的季节。渔船都扬起白帆,往来拉网,仿佛是成群结队翩翩飞舞的白蝴蝶。干贝、鲍鱼、海参一类东西,本来是极珍贵的海味。你到渔业生产队去,人家留你吃饭,除了鲐鱼子、燕儿鱼丸子而外,如果端出雪白鲜嫩的新干贝，或者是刚出海的鲍鱼，你一点不用大惊小怪，以为是大摆筵席，其实平常。

捕捞这些海产却是很费力气的。哪儿有悬崖陡壁，海水又深，哪儿才盛产干贝鲍鱼等。我去参观过一次"碰"鲍鱼的。干这行的渔民都是中年人，水性好，经验多，每人带一把小铲，一个葫芦，葫芦下面系着一张小网。趁落潮的时候，水比较浅，渔民戴好水镜，先在水里四处游着，透过水镜望着海底。一发现鲍鱼，便丢下葫芦钻进水底下去。鲍鱼也是个怪玩意儿，只有半面壳，附在礁石上，要是你一铲子铲不下来，砸烂它的壳，再也休想拿得下来。渔民拿到鲍鱼，便浮上水面，把鲍鱼丢进网里，扶着葫芦喘几口气，又钻下去。他们都像年轻小伙子一样嬉笑欢闹，往我们艇子上扔壳里闪着珍珠色的鲍鱼，扔一尺左右长的活海参，扔贝壳像蒲扇一样的干贝，还扔一种叫"刺锅"的怪东西，学名叫海胆，圆圆的，周身满是挺长的黑刺，跟刺猬差不多，还会爬呢。

最旺的渔季自然是春三月。岛子上有一处好景致，叫花沟，遍地桃树，年年桃花开时，就像那千万朵朝霞落到海岛上来。桃花时节，也是万物繁生的时节。雪团也似的海鸥会坐在岩石上自己的窝里，一心一意孵卵，调皮的孩子爬上岩石，伸手去取鸥蛋，那母鸥也只转转眼珠，动都懒得动。黄花鱼起了群，都从海底浮到海面上，大鲨鱼追着吃，追得黄花鱼噉噉叫。听见鱼叫，渔民就知道是大鱼群来了，一网最多的能捕二十多万条，倒在舱里，一跳一尺多高。俗语说得好："过了谷雨，百鱼上岸。"大对虾也像一阵乌云似的涌到近海，密密层层。你挤我撞，挤得在海面上乱蹦乱跳。这叫桃花虾，肚子里满是子儿，最肥。渔民便用一种网上绑着坛子做浮标的"坛子网"拉虾，一网一网往船上倒,一网一网往海滩上运,海滩上的虾便堆成垛,垛成山。渔民不叫它是虾山,却叫做金山银山。这是最旺的渔季,也是最热闹的海市。

现在不妨让我们走进海市的人家里去看看。宋学安是个结实精干的壮年人,眉毛漆黑,眼睛好像瞌睡无神,人却是像当地人说的:机灵得像海马一样。半辈子在山风海浪里滚,斗船主,闹革命,现时是一个生产大队的总支书记。他领我去串了几家门子,家家都是石墙瓦房,十分整洁。屋里那个摆设,更考究:炕上铺的是又软又厚的褥子毯子;地上立的是金漆桌子、大衣柜;迎面墙上挂着穿衣镜;桌子上摆着座钟、盖碗、大花瓶一类陈设。起初我还以为是谁家新婚的洞房,其实家家如此,毫不足奇。

我不禁赞叹着说:"你们的生活真像神仙啊,富足得很。"

宋学安含着笑,也不回答,指着远处一带山坡问:"你看那是什么?"

那是一片坟墓,高高低低,坟头上长满蒿草。

宋学安说:"那不是真坟,是假坟。坟里埋的是一堆衣服,一块砖,砖上刻着死人的名字。死人呢,早埋到汪洋大海里去了。渔民常说:情愿南山当驴,不愿下海捕鱼——你想这捕鱼的人,一年到头漂在海上,说声变天,大风大浪,有一百个命也得送进去。顶可怕的是龙卷风,打着旋儿转,能把人都卷上天去。一刮大风,妇女孩子都上了山头,烧香磕头,各人都望着自己亲人的船,哭啊叫的,凄惨极啦——别说还有船主那把杀人不见血的刀逼在你的后脖颈子上。"

说到这儿,宋学安低着瞌睡眼,显然在回想旧事,一面继续讲,"都知道蝎子毒,不知道船主比蝎子更毒。我家里贫,十二岁就给船主做零活。三月，开桃花，小脚冻得赤红，淋着雨给船主从舱里往外舀潮水，舀得一慢，船主就拿铅鱼浮子往你头上磕。赶我长得大一点，抗日战争爆发了，蓬莱一带有共产党领导的游击队，需要往大连买钢，大约是做武器用。当时船主常到大连去装棒子面，来往做生意，我在船上替人家做饭。大连有个姓鲍的，先把钢从日本厂子里偷出来，藏到一家商店里。船主只是为财，想做这趟买卖，叫我去把钢拿回船来。你想日本特务满街转，一抓住你，还用想活命么？仗着我小，又有个小妹妹，当时住在大连我姐姐家里，我们兄妹俩拐进那家商店，妹妹把钢绑到腿上，我用手提着，上头包着点心纸，一路往回走，总觉得背后有狗腿子跟着，吓得提心吊胆。赶装回蓬莱，交给游击队，人家给两船麦子当酬劳。不想船主把麦子都扣下，一粒也不分给我。我家里净吃苦橡子面，等着粮食下锅，父亲气得去找船主，船主倒提着嗓门骂起来：'麦子是俺花钱买的，你想讹诈不成。你儿子吃饭不干活，还欠我们的呢，不找你算账就算便宜你。'这一口气，我窝着多年没法出，直到日本投降，共产党来了，我当上民兵排长，斗船主，闹减租减息，轰轰烈烈干起来啦。我母亲胆小，劝我说：'儿啊，人家腿上的肉，割下来好使么？闹不好，怕不连命都赔上。'到后来，果真差一点赔上命去。"

我插嘴问："恐怕那是解放战争的事吧？"

宋学安说："可不是！解放战争一打响，我转移出去，经常在海上给解放军运粮食、木料和硫磺。我是小组长。船总是黑夜跑。有一天傍亮，我照料一宿船，有点累，进舱才打个盹儿，一位同志对着我的耳朵悄悄喊：'快起来看看吧，怎么今天的渔船特别多？'我揉着眼跑出舱去，一看，围着我们里里外外全是小渔船。忽然间，小渔船一齐都张起篷来。渔船怎么会这样齐心呢？我觉得不妙，叫船赶紧靠岸。晚了，四面的船早靠上来，打了几枪，一个大麻子脸一步跨上我们的船，两手攥着两支枪，堵住我的胸口。原来这是个国民党大队长。他先把我绑起来，吊到后舱就打，一面打一面审问。吊打了半天，看看问不出什么口供，只得又解开我的绑，用匣子枪点着我的后脑袋，丢进舱里去。舱里还关着别的同志。过了一会儿，只听见上面有条哑嗓子悄悄说：'记着，可千万别承认是解放军啊。'这分明是来套我们，谁上你的圈套？舱上蒙着帆，压着些杠子，蒙得漆黑，一点不透气。我听见站岗的还是那个哑嗓子的人，仰着脸说：'你能不能露点缝，让我们透口气？'那个人一听见我的话，就蹑手蹑脚挪挪舱板，露出个大口子。想不到是个朋友。我往外一望，天黑了；辨一辨星星，知道船是往天津开。我不觉起了死的念头。既然被捕，逃是逃不出去的，不如死了好。一死，我是负责人，同志们把责任都推到我身上，什么也别承认，兴许能保住性命。说死容易，当真去死，可实在不容易啊。我想起党，想起战友，想起家里的老人，也想起孤苦伶仃的妻子儿女，眼泪再也忍不住，吧嗒吧嗒直往下滴。我思前想后的一阵，又再三再四嘱咐同志们几句话，然后忍着泪小声说：'同志们啊，我想出去解个手。'一位同志说：'你解在舱里吧。'我说：'不行，我打得满身是火，也想出去凉快凉快。'就从舱缝里探出头去，四下望了望，轻轻爬上来，一头钻进海里去，耳朵边上还听见船上的敌人说：'大鱼跳呢。'

"那时候已经秋凉，海水冷得刺骨头，我身上又有伤，海水一泡，火辣辣地痛。拼死命挣扎着游了半夜，力气完了，人也昏了，随着涨潮的大流漂流下去。不知漂了多长时候，忽然间醒过来，一睁眼，发觉自己躺在一条大船上，眼前围着一群穿黄军装的人，还有机关枪。以为是又落到敌人网里了！问我话，只说是打鱼翻了船。船上给熬好米汤，一个兵扶着我的后脖颈子，亲自喂我米汤，我这才看清他戴的是八一帽花，心里一阵酸，就像见到最亲最亲的父母，一时忍不住放声大哭起来。

"我就这样得了救，船上的同志果然把责任都推到我身上，挨了阵打，死不招认，敌人也只得放了他们。这件事直到许久才探听清楚：原来就是那船主怀恨在心，不知怎么摸到了我们活动的航线，向敌人告了密，才把我们半路截住。你看可恶不可恶！"

讲到末尾，宋学安才含着笑，回答我最初的话说："你不是说我们的生活像神仙么？你看这哪点像神仙？要不闹革命，就是真正神仙住的地方，也会变成活地狱。"

我问道："一闹革命呢？"

宋学安说："一闹革命，就是活地狱也能变成像我们岛子一样的海上仙山。"

我不禁连连点着头笑道："对，对。只有一点我不明白：我们现在革了船主的命，可不能革大海的命。大海一变脸，岂不是照样兴风作浪，伤害人命么？"

宋学安又是微微一笑，笑得十分自信。他说："明天你顶好亲自到渔船上去看看。现在渔船都组织起来，有指导船，随时随地广播渔情风情。大船都有收音机，一般的船也有无线报话机，不等风来，消息先来了，船能及时避到渔港里去，大海还能逞什么威风？——不过有时意料不到，也会出事。有一回好险，几乎出大事。那回气象预报没有风，渔民早起看看太阳，通红通红的，云彩丝儿不见，也不像有风的样子，就有几只渔船出了海。不想过午忽然刮起一种阵风，浪头卷起来比小山都高，急得渔民把桅杆横绑在船上，压着风浪。这又有什么用？浪头一个接着一个打到船上来，船帮子都打坏了，眼看着要翻。正在危急的当儿，前边冷丁出现一只军舰。你知道，这里离南朝鲜不太远，不巧会碰上敌人的船。渔民发了慌，想跑又跑不掉。那条军舰一步一步逼上来，逼到跟前，有些人脱巴脱巴衣裳跳下海，冲着渔船游过来。渔民一看，乐得喊：是来救我们的呀！不一会儿，渔民都救上军舰，渔船也拖回去。渔民都说：'要不是毛主席派大兵舰来，这回完了。'"

原来这是守卫着这个京都门户的人民海军专门赶来援救的。

看到这里，有人也许会变得不耐烦：你这算什么海市？海市原本是虚幻的，正像清朝一个无名诗人的诗句所说的："欲从海上觅仙迹，令人可望不可攀。"你怎么倒能走进海市里去？岂不是笑话！原谅我，朋友，我现在记的并不是那渺渺茫茫的海市，而是一种真实的海市。如果你到我的故乡蓬莱去看海市蜃楼，时令不巧，看不见也不必失望，我倒劝你去看看这真实的海市，比起那缥缈的幻景还要新奇，还要有意思得多呢。

这真实的海市并非别处，就是长山列岛。

泰山极顶

泰山极顶看日出历来被描绘成十分壮观的奇景。有人说：登泰山而看不到日出，就像一出大戏没有戏眼，味儿终究有点寡淡。

我去爬山那天，正赶上个难得的好天，万里长空，云彩丝儿都不见，素常烟雾腾腾的山头，显得眉目分明。同伴们都喜地说："明儿早晨准可以看见日出了。"我也是抱着这种想头，爬上山去。

一路从山脚往上爬，细看山景，我觉得挂在眼前的不是五岳独尊的泰山，却像一幅规模惊人的青绿山水画，从下面倒展开来。最先露出在画卷的是山根底那座明朝建筑岱宗坊，慢慢地便现出王母池、斗母宫、经石峪。……山是一层比一层深，一叠比一叠奇，层层叠叠，不知还会有多深多奇。万山丛中，时而点染着极其工细的人物。王母池旁边吕祖殿里有不少尊明塑，塑着吕洞宾等一些人，姿态神情是那样有生气，你看了，不禁会脱口赞叹说："活啦。"

画卷继续展开，绿荫森森的柏洞露面不太久，便来到对松山。两面奇峰对峙着,满山峰都是奇形怪状的老松,年纪怕不有个千儿八百年,颜色竟那么浓,浓得好像要流下来似的。来到这儿,你不妨权当一次画里的写意人物,坐在路旁的对松亭里,看看山色,听听流水和松涛。也许你会同意乾隆题的"岱宗最佳处"的句子。且慢,不如继续往上看的为是……

一时间,我又觉得自己不仅是在看画卷,却又像是在零零乱乱翻着一卷历史稿本。在山下岱庙里,我曾经抚摸过秦朝李斯小篆的残碑。上得山来,又在"孔子登临处"立过脚,秦始皇封的五大夫松下喝过茶,还看过汉枚乘称道的"泰山溜穿石",相传是晋朝王羲之或者陶渊明写的斗大的楷书《金刚经》的石刻。将要看见的唐玄宗在大观峰峭壁上刻的《纪泰山铭》自然是珍品,宋元明清历代的遗迹更像奇花异草一样,到处点缀着这座名山。一恍惚,我觉得中国历史的影子仿佛从我眼前飘忽而过。你如果想捉住点历史的影子,尽可以在朝阳洞那家茶店里挑选几件泰山石刻的拓片。除此而外,还可以买到泰山出产的杏叶参、何首乌、黄精、紫草一类名贵药材。我们在这里泡了壶山茶喝,坐着歇乏,看见一堆孩子围着群小鸡,正喂蚂蚱给小鸡吃。小鸡的毛色都发灰,不像平时看见的那样。一问,卖茶的妇女搭言说:"是俺孩子他爹上山挖药材,捡回来的一窝小山鸡。"怪不得呢。有两只小山鸡争着饮水,蹬翻了水碗,往青石板上一跑,满石板印着许多小小的"个"字。我不觉望着深山里这户孤零零的人家想:"山下正闹大集体,他们还过着这种单个的生活,未免太与世隔绝了吧?"

从朝阳洞再往上爬,渐渐接近十八盘,山路越来越险,累得人发喘。这时我既无心思看画,又无心思翻历史,只觉得像在登天。历来人们也确实把爬泰山看做登天。不信你回头看看来路，就有云步桥、一天门、中天门一类上天的云路。现时悬在我头顶上的正是南天门。幸好还有石磴造成的天梯。顺着天梯慢慢爬，爬几步，歇一歇，累得腰酸腿软，浑身冒汗。忽然有一阵仙风从空中吹来，扑到脸上，顿时觉得浑身上下清爽异常。原来我已经爬上南天门，走上天街。

黄昏早已落到天街上，处处飘散着不知名儿的花草香味。风一吹，朵朵白云从我身边飘浮过去，眼前的景物渐渐都躲到夜色里去。我们在青帝宫寻到个宿处，早早睡下，但愿明天早晨能看到日出。可是急人得很，山头上忽然漫起好大的云雾，又浓又湿，悄悄挤进门缝来，落到枕头边上，我还听见零零星星几滴雨声。我有点焦虑，一位同伴说："不要紧。山上的气候一时晴，一时阴，变化大得很，说不定明儿早晨是个好天，你等着看日出吧。"

等到明儿早晨，山头上的云雾果然消散，只是天空阴沉沉的，谁知道会不会忽然间晴朗起来呢？不管怎样，我们还是冒着早凉，一直爬到玉皇顶，这儿便是泰山的极顶。

一位须髯飘飘的老道人陪我们立在泰山极顶上，指点着远近风景给我们看，最后带着惋惜的口气说："可惜天气不佳，恐怕你们看不见日出了。"

我的心却变得异常晴朗，一点都没有惋惜的情绪。我沉思地望着极远极远的地方，我望见一幅无比壮丽的奇景。瞧那莽莽苍苍的齐鲁大原野，多有气魄。过去，农民各自摆弄着一小块地，弄得祖国的原野像是老和尚的百衲衣，零零碎碎的，不知有多少小方块拼织到一起。眼前呢，好一片大田野，全联到一起，就像公社农民联的一样密切。麦子刚刚熟，南风吹动处，麦浪一起一伏，仿佛大地也漾起绸缎一般的锦纹。再瞧那渺渺茫茫的天边,扬起一带烟尘。那不是什么"齐烟九点",同伴告诉我说那也许是炼铁厂。铁厂也好,钢厂也好,或者是别的什么工厂也好,反正那里有千千万万只精巧坚强的手,正配合着全国人民一致的节奏,用钢铁铸造着祖国的江山。

你再瞧,那在天边隐约闪亮的不就是黄河,那在山脚缠绕不断的自然是汶河。那拱卫在泰山膝盖下的无数小馒头却是徂徕山等许多著名的山岭。那黄河和汶河又恰似两条飘舞的彩绸,正有两只看不见的大手在耍着;那连绵不断的大小山岭却又像许多条龙灯,一齐滚舞——整个山河都在欢腾着啊。

如果说泰山是一大幅徐徐展开的青绿山水画,那么这幅画到现在才完全展开,露出画卷最精彩的部分。

如果说我在泰山路上是翻着什么历史稿本,那么现在我才算翻到我们民族真正宏伟的创业史。

我正在静观默想,那个老道人客气地赔着不是,说是别的道士都下山割麦子去了,剩他自己,也顾不上烧水给我们喝。我问他给谁割麦子,老道人说:"公社啊。你别看山上东一户,西一户,也都组织到公社里去了。"我记起自己对朝阳洞那家茶店的想法,不觉有点内愧。

有的同伴认为没能看见日出,始终有点美中不足。同志,你还有什么不满意的?其实我们分明看见另一场更加辉煌的日出。这轮晓日从我们民族历史的地平线上一跃而出,闪射着万道红光,照临到这个世界上。

伟大而光明的祖国啊,愿你永远"如日之升"!

黄河之水天上来

唐朝诗人李白曾经写过这样的诗句：黄河之水天上来，奔流到海不复回。意思是说事物一旦消逝，历史就不会再重复。但还是让我们稍稍回忆一下历史吧。千万年来，黄河波浪滔滔，孕育着中国的文化，灌溉着中国的历史，好像是母亲的奶汁。可是黄河并不驯服，从古到今，动不动便溢出河道，泛滥得一片汪洋。我们的祖先在历史的黎明期便幻想出一个神话式的人物，叫大禹。说是当年洪水泛滥，大禹本着忘我的精神，三过家门而不入，终于治好水患。河南和山西交界处有座三门峡，在这个极险的山峡中间，河水从三条峡口奔腾而出，真像千军万马似的，吼出一片杀声。传说这座三门峡就是大禹用鬼斧神工开凿的。

其实大禹并没能治好黄河，而像大禹那种神话式的人物却真正出现在今天的中国历史上了。不妨到三门峡去看看，在那本来荒荒凉凉的黄河两岸，甚而在那有名的"中流砥柱"的岩石上面，你处处可以看见工人、技术员、工程师，正在十分紧张地建设着三门峡水利枢纽工程。这是个伟大的征服黄河的计划，从1957年4月间便正式动工，将来水库修成，不但黄河下游可以避免洪水的灾害，还能大量发电，灌溉几千万亩庄稼，并且使黄河下游变成一条现代化的航运河流。工程是极其艰巨的，然而我们有人民。人民的力量集合一起，就能发挥出比大禹还强百倍的神力，最终征服黄河。

我们不是已经胜利地征服了长江么？长江是中国最大最长的一条河流，横贯在中国的腹部，把中国切断成南北两半，素来号称不可逾越的"天堑"。好几年前，有一回我到武汉，赶上秋雨新晴，天上出现一道彩虹。我陪着一位外国诗人爬到长江南岸的黄鹤楼旧址上，望着蒙蒙的长江，那位诗人忽然笑着说："如果天上的彩虹落到江面上，我们就可以踏着彩虹过江去了。"

今天，我多么盼望着那位外国诗人能到长江看看啊。彩虹果然落到江面上来了。这就是新近刚刚架起来的长江大桥。这座桥有一千六百多公尺长，上下两层：上层是公路桥面，可以容纳六辆汽车并排通过，下层是铺设双轨的复线铁道，铁道两侧还有人行道。从大桥的艰巨性和复杂性而论，在全世界上应该算是首屈一指了。有了这座桥，从此大江南北，一线贯穿，再也不存在所谓长江天堑了。你如果登上离江面三十五公尺多高的公路桥面，纵目一望，滚滚长江，尽在眼底。

我国的江河，大小千百条，却有一个规律，都往东流，最终流入大海里去——这叫做"万河朝宗"。我望着长江，想到黄河，一时间眼底涌现出更多的河流，翻腾澎湃，正像万河朝宗似的齐奔着一个方向流去——那就是我们正在建设的像大海一样深广的社会主义事业。

在祖国西北部的戈壁滩上，就有无数条石油的河流。这些河流不在地面，却在地下。只要你把耳朵贴到油管子上，就能听到石油掀起的波浪声。采油工人走进荒无人烟的祁连山深处，只有黄羊野马做伴，整年累月钻井采油。他们曾经笑着对我说："我们要把戈壁滩打透，祁连山打通，让石油像河一样流。"石油果然就像河一样，从遥远的西北流向全国。

我也曾多次看见过钢铁的洪流。在那一刻，当炼钢炉打开，钢水喷出来时，我觉得自己的心都燃烧起来。这简直不是钢，而是火。那股火的洪流闪亮闪亮，映得每个炼钢手浑身上下红彤彤的。这时有个青年炼钢手立在我的身边，眼睛注视着火红的钢水，嘴里不知咕哝什么。我笑着问道："同志，你叽咕什么？"那青年叫我问得不好意思起来，笑着扭过脸去。对面一个老工人说："嗐，快问啦，人家是对自己心爱的人说情话，怎么叫你偷听了去？"接着又说："这孩子，简直着迷啦，说梦话也是钢呀钢的，只想缩短炼钢的时间。"我懂得这些炼钢手的心情。他们爱钢，更爱我们的事业。他们知道每炉钢水炼出来，会变成什么。

会变成钢锭，会变成电镐，会变成各式各样的机器……还会变成汽车。

看吧，那不是长春汽车制造厂新出的解放牌卡车？汽车正织成另一条河流，满载着五光十色的内地物资，滔滔不绝地跑在近年来刚修成的康藏公路上。凉秋九月，康藏高原上西风飒飒，寒意十足。司机们开着车子，望着秋草中间雪白的羊群，望着羊群中间飘动着彩色长袍的藏族姑娘，不禁要想起汽车头一回开到高原的情形。以往几千年，这一带山岭阻塞，十分荒寒。人民解放军冒着千辛万苦，开山辟路，最后修成这条号称"金桥"的公路。汽车来了。当地的藏族居民几时见过这种轰隆轰隆叫着的怪物？汽车半路停下，他们先是远远望着，慢慢围到跟前，前后左右摸起来。一个老牧人端量着汽车头，装做蛮内行的样子说："哎！哎！这物件，一天得吃多少草啊。"可是今天，他们对汽车早看熟了。就连羊群也司空见惯，听凭汽车呜呜叫着从旁边驶过去，照样埋着头吃草。

年青人总是想望幸福的。一瞟见草原上飘舞着的藏族牧女的彩衣，汽车司机李德的心头难免要飘起另一件花衫子。天高气爽，在他的家乡北京，正该是秋收的季节。李德恍惚看见在一片黄茏茏的谷子地里，自己心爱的姑娘正杂在集体农民当间，飞快地割着谷子。割累了，那姑娘直起腰，掏出手绢擦着脸上的汗，笑嘻嘻地望着远方……其实李德完全想错了。再过两天就是国庆节，他心爱的姑娘正跟几个女伴坐在院里，剪纸着色，别出心裁地扎着奇巧的花朵，准备进城去参加游行。

在国庆节那天，她擎着花朵到北京来了，许许多多人也都来了。从长江来的，从黄河来的，从全国各个角落来的，应有尽有。这数不尽的人群汇合成一条急流，真像黄河之水天上来，浩浩荡荡涌向天安门去。我觉得，每个人都可以跟传说中的神话人物大禹媲美。

万丈高楼平地起

山东半岛和辽东半岛遥遥对峙,形成渤海海峡,正是兵书上所说的咽喉地带,无怪乎都称这儿是京都的门户。1959年初夏,我来到海峡,爬上一座高山,想瞭望瞭望海山的形势。山上是一座阵地,只有守卫京都门户的战士,没有人家。一到山顶,却听见几声清亮的鸡叫,使人想起温暖的乡村生活。接着便看见一只芦花大公鸡,冠子火红,昂然立在山头,旁边是只母鸡,带着一大群叽叽喳喳的小鸡,四处觅食吃。

我感到怪有趣的,便对同来的赵团长说:"你们在阵地上还养鸡,真有意思。"

赵团长笑着说:"也不光养鸡,还有别的呢。"

还有羊。有山羊,也有绵羊,它们白天由着意满山游荡,拣最鲜嫩的青草吃。天一黑,自己便回到战士们砌的羊圈去,倒也省心。在背风的山洼里,战士们栽上苹果树,结的苹果已经有小孩拳头大。又在阵地前面种满黄花,一到傍晚,满山香喷喷的。战士们下山顺便总采一包半开的黄花,带下山去,晒干了,可以当菜吃。至于在近海养海带,出海捕鱼,更是战士们出力经营的事业。

我对赵团长说:"我们的战士不仅是兵,倒更像瓦工,手儿巧得很。"

赵团长说:"是啊,这是咱们军队的老传统,不光会打仗,还会建设——走到哪里建设到哪里。"

赵团长的话并不错。我们不会忘记,抗日战争时期,战士们在陕北南泥湾开出了大片大片的稻田,把一向干旱的西北高原变成陕北江南。我们也不会忘记在朝鲜战场上,炮兵经过一场激烈的战斗后,立时又栽花植树,把阵地调理得跟花园差不多。

可是赵团长并未完全理会我的意思。战士们平时自然是在建设,其实,即使在冲锋陷阵,斩将夺旗的当儿,又何尝不是在建设呢。我觉得,自从解放军的前身红军诞生那一天起,战士们一直在进行着庄严无比的建设——建设我们的理想,建设我们的生活。

这是一个最普通的战士给我的启示。那个战士姓什么,叫什么,直到现在我也不知道。他的模样儿却一直刻在我的心上:长方脸,红红的,聪俊的大眼,一见人就笑。我是在解放战争当中北出长城,路过紫荆关时碰见他的。当时军队翻到紫荆关顶,都坐着休息。那个年青的战士坐得离我不远,两手捧着一个搪瓷碗喝开水,一面喝,一面嘻嘻嘻不住嘴地笑。

另一个脸色阴沉的老战士说:"瞧你!咧着个嘴,光会笑,有什么好笑的!"

那小战士说:"我就是笑你——你的脸怎么总像老阴天,一辈子不带笑的?"

我看得出这个青年参军不久,浑身带着股可爱的稚气,便问他先前在家干什么。

那老战士哼了一声说:"种地呗!他还能干什么。"

青年战士抢着辩解说:"你知道啥,我跟我爹学过瓦工,我还会盖房子呢!"

那老战士说:"你歇着去吧!现在咱们是打仗,谁用你盖房子!"

小战士急得说:"怎么不用我盖房子?往后,都住大高楼,你瞧是怎么盖起来的吧!"

老战士说:"可眼下我就瞧不见什么大楼。"

小战士笑起来说:"那算你是睁眼瞎子。万丈高楼平地起——现在正在打地基呢。明儿就要盖起一百层的高楼,你想来住,怕没有你的份儿。"

我听了,心里一动。这虽是几句半开玩笑的话,却含着耐人寻味的思想。从这个青年身上,我看出了战士们那种远大的理想。于是,我眼前仿佛现出一座正在修建的大厦,大得看不见边。在建筑者的行列里,有工人、农民,也有战士。他们每个人都在一铲土、一滴汗、一滴血地劳动着。为着这座大厦,他们还有什么代价不肯付出去呢?回想一下,有多少战士,勇敢地付出自己的生命,用整个身体当基石,为大厦打基础。如果要在这座大厦上题字,那就应当是:"社会主义大厦"。

这段插话,相隔已经十年多。自从紫荆关分手后,我也再没有碰见过那个叫人喜欢的青年。不想十几年以后,在渤海海峡上,当我看见战士们是那样热情地建设着自己的生活,忽然间又想起了他的话来。他的话给我的启示那样深,今天想起来,还像昨天一样新鲜。我不知道那青年现时在哪儿。如果他还健在,算来也是将近三十的人了,也许会对人说:"你瞧,大楼不是盖起来啦！"

是初步盖起来了。比起天安门，比起天安门前新修的"人民大会堂"和"革命历史博物馆"，这座祖国大厦不知要大多少倍。可是这座大厦还远远没有完工，还得付出更大的劳力，才能建筑得更美、更高，高得一直顶着太阳。

今天，当我们庆祝建国十周年的时候，我愿意记下我在渤海海峡上所深切感到的，献给那无数曾经为这座"社会主义大厦"奠基的战士，也献给那无数正在继续建设这座大厦的同志。

张德胜

好像走夜路，咱就好比那带路的；
好像赶骡子，咱就好比那迎头骡。

张德胜这样譬喻自己，并不夸大。三十多年来，他两眼乌黑，摸索着光亮，于今算是见到天日了。在劳动英雄大会介绍部队典型时，他走上台，个子挺高，朴素的长脸带点忧愁的表情，心里可欢喜透了。

过去，他受的折磨太多，直到今天，还惯常坐在一边，眼睛望着地，不言不语，显得愁闷闷的。他永远不能忘记1938年秋天的一个半夜，"中央军"一排人破开他家的门，把他从炕上拖下来。他的爹娘捧着变卖田产得到的二百八十元白洋，跪在地上哭着求饶。那个军官把钱揣到腰里，却依旧把张德胜抓去当兵了。从老家成县捆到西安，他吃不饱，穿不暖，挨打受骂，吃尽苦头。赶以后，队伍过了黄河，开到中条山，遇到日本人的大"扫荡"。国民党的三万大军就像一堆烂纸，转眼被扫得七零八落。张德胜躲到老百姓家里，做起长工来。直到1943

年 2 月,他走远路送公粮,半道碰见八路军,才高兴地转到革命的队伍里来。

从此,他算摸到光亮,眼睛明了。从前方跑到后方,他不偷懒,不藏奸,只见他做事,不听他说一句怨言。在旧军队里,长官常骂他是混蛋,是脓包,于今却显得又刻苦,又有能耐。1944 年春天烧炭,就更显出他的本色。

连长招呼他去说:"铁厂要炭炼铁,营里有命令来,叫咱们两个月烧六万斤送去。只有你行,这个任务就给你吧。"

张德胜从小放羊,种庄稼,几时会烧炭?过去两三个月,虽然摸摸索索,学到点门径,可是手艺并不熟练。于今要想完成这个任务,必须一天不歇,不管吹风下雨,每天出一千斤炭,才能办到。但他只有四个助手,一个叫张喜,坐下就睡,站着也打盹。再有两个十六七岁的小鬼,一个绰号毛驴,一个绰号水牛,两人不是斗嘴吵架,就是嬉皮笑脸地打闹,整天不干正事。只有王德兰还算得力。张德胜嘴里不响心里发愁,后来一想:"咱当兵的枪炮都不怕,这点小困难,怕啥?"也就放大胆子了。

但是,动手烧炭的第一天,事情就不顺心。他和王德兰累得满头大汗,打好一个窑,想要往里装柴时,却见水牛和毛驴站在一棵还没有小孩腰粗的树干前,你一斧子,我一斧子,只顾逗笑,砍了半天还没砍倒。张德胜实在看不过眼,又怕说多了话,惹得小鬼不痛快,就接过斧头,自己动起手来,一边砍,一边耐心地告诉他们说:

"往后砍树,只挑大的,留着小的好再长,免得糟蹋树林子……砍的时候,贴着地皮砍,要是留的树桩高了,就等于白费一段木材,你们想想是不是?"

这天，直忙到黑，还没装好一窑柴。两个小鬼噘着嘴，嘟嘟囔囔的，直埋怨肚子饿。赶到回家，张喜刚把饭做好，正在睡懒觉。张德胜人高，气力足，饭量也大，一顿可以吃升半小米。但是这天心里发愁，只吃了两碗。他想到铁厂要炭炼铁，准备造枪炮，像这样稀稀拉拉的一定要耽误大事。

第二天，鸡一叫，他就爬起身，也不点灯，摸着黑磨斧子，赶天明，几把斧子早磨得又亮又快。吃罢饭，他丢下张喜在家烧饭，立刻带着其余的人爬上荒山，穿过梢林，领着头砍柴，一面讲些烧炭的方法。砍了一阵，他钻进窑，叫旁人扛柴，他亲自把第一窑装满，然后点上火。接着，他又和王德兰去打第二个窑。毛驴和水牛看见张德胜怪和气的，他们做错事，也不唠叨，只是慢慢地指导，干得便起劲。这天，两个人砍的柴，恰恰足够装满第二窑。以后，张德胜每天领着大家打窑，砍柴，装窑，点火，事情算是有一些头绪。

第四天晚上，张德胜半夜醒了，计算第一窑柴已经烧到时候，应该用泥把风口和烟囱蒙住，憋死火，准备取炭。想到这儿，他忽然急起来，再也闭不上眼，担心迟了误事。他披上衣服坐起来，推推王德兰说："起来！咱俩蒙窑去。"王德兰年轻贪睡，含含糊糊地答应一声，翻了个身又睡了。张德胜不再惊动他，一个人摸下炕，轻手轻脚地走到门外，抬眼一看，炭窑那个方向一片红光，照得山沟通明。他吃惊地叫："哎呀，窑里起火了！"

王德兰从梦里惊醒，蒙蒙眬眬地跑出来，两个人便一脚高，一脚低，急匆匆地奔到窑前。一窑木柴烧得正旺，火焰从烟囱冒出来，呼呼地，好像刮风。张德胜又急又躁，长鼻子冒出汗珠，绕着窑打转，懊悔不迭地说："蒙晚了！蒙晚了！这一窑炭都成了灰！再看第二窑吧。"

第二窑没烧成灰，但是取炭时，用手一拿，炭就变成碎块，散到地上……

第三窑炭没烧碎，可是生头又大，烤火时，一味地冒烟……

王德兰几个人垂头丧气的，都很灰心。毛驴骂骂咧咧地说："照这样下去，别说两万斤，就是两千斤也烧不出！"

张德胜心里也是发愁，摸不着头脑。但他并不泄气，反倒鼓励大家说："天下无难事，只怕有心人——只要咱们肯往里钻，不怕烧不好。"

从此，他饭也少吃，觉也少睡，差不多日夜守在窑上，细心地揣摩烧炭的道理。过了一阵，他开窍了，明白窑蒙得早，炭的生头就大；蒙迟了，不是烧成碎末，就是烧成灰。顶好一天把风口堵一点，让火烧得又小又慢，等烟囱冒的全是蓝烟，不见白的，便把风口和烟囱严严密密地闭死。果然不错，这一窑打开时，每根炭直挺挺地站在窑里，火候恰好，劲头又大。

大半月过去了，他们一共打成七个窑，日夜不停地烧。张德胜操劳过度，吃饭都不觉得香。该蒙窑时，他就戴着星星守在窑上。看不见烟，便把手伸进烟囱里摸，觉得烟是湿的，还可再烧，要是干的，就是炭烧好了，必须赶快闭窑。他还会拿耳朵听，如果烟在笃笃地冒，炭还没好；如果笃笃的声音时断时续，就该蒙窑了。

烧炭的本领算是掌握住了，但是烧得总嫌太慢。张德胜掰着指头一算，出的炭还不到一万斤。两个小鬼都能做活，只是有点偷懒耍滑，耽误事情。于今是青草发芽，野鸡孵蛋的时候了。这一天，毛驴抡着斧子，走进一个山洼，草丛里忽然惊起一只灰色山鸡。他就顾不得砍柴，跑到野鸡起飞的地方，蹲下身收蛋。

水牛从半山坡连蹦带跳地跑过去，抢着要看，三扯两扯，几个蛋掉在地上，全跌碎了。毛驴恼了，变了脸骂起来。水牛不肯让人，也还了嘴。张德胜费了许多言语，才把他们劝开。但是两个人全哭丧着脸，谁也不理谁了。

张德胜看在眼里，心头不住地盘算。赶黑回家，吃完夜饭要睡觉，他盘起腿坐在炕上，眼睛望着地，长脸上挂着点忧愁的表情，慢慢地说："大家先别睡，我有几句话讲。……早先咱们在前方，从县吃到州，从州吃到县，谈不到生产。于今来到陕甘宁边区，就该转转脑筋……俗话说：到山里打柴，到河里脱鞋。又说：人怕老来穷，谷怕胎里寒——你们都是年青人，眼尖手快，怎么老不学好？整天价不是打架，就是抬杠……"他翻了翻带点忧愁的眼睛，从身边拿起把斧头，慢慢摸着斧刃，又说："你们想想，连长给咱这把斧头做什么？要砍柴。砍柴做什么？要烧炭。烧炭做什么？要送到铁厂炼铁。炼铁做什么？要造枪炮子弹，准备反攻……你们一个是山西，一个是河北，同船过渡，就有五百年缘法，于今一个锅里吃饭，一个铺上睡，无怨无仇，闹的什么？三人成一心，黄土变成金——明儿起来，大家好好上山，只求赶快完成任务，不许再耍脾气了。"

这一篇话，说得毛驴和水牛你望我一眼，我望你一眼，最后难为情地互相笑了。他们的脑子想开，第二天上山，不到天黑便完成一窑。以后，只要他们有点好处，张德胜便当着人前夸奖他们；做错了事，只在背后规劝。夜晚睡觉，被子踢开，张德胜还时常起来替他们盖好。两个小鬼受到感动，做事越来越上劲。但是有一件事，他们暗地里很不高兴。

他们看见每回取炭,总是张德胜一个人动手,不让旁人进窑。取炭是件难事。窑墙烧得火红,烤得人肉皮发痛。张德胜脱得只剩一身单衣,穿着厚底鞋,钻进窑去,不一歇,衣服就被汗湿透,脚掌烫得站不住脚。过后几天,他吐出的痰还是黑的。

一天,临睡前,毛驴不满意地说:"班长,你怎么不叫咱们取炭?是不是怕咱们学会这点手艺?"

张德胜先是一愣,接着摇摇头笑道:"你错了!你不看见取一回炭,我要受多大的伤。人过二十五,半身钻进土——我三十多了,受点伤不要紧,你们年纪轻轻的,万一搞坏了,对革命也不好。"

张德胜对张喜,也是一样的亲切,把这个贪睡的小伙子转变得手脚勤快,做事细心。每天,鸡一叫,张德胜还是要起来打水磨斧子。王德兰几个人看他太累,就在白天各自磨快,省得他操心。他一面起早睡迟,一面又诚心诚意地栽培他们。没有多久,瞌睡的不瞌睡了,走不动的也走快了。遇到点事,大家全抢着干。这又惹得毛驴噘起小嘴,抱怨道:"班长,你讲民主,又不民主了。为什么你们专装大窑,光叫我们装小的?"

张德胜笑着说:"好比发衣服,大人发大的,小人发小的——怎么说不民主?"

大家一齐心,事情就惊人了。最初,一天烧一窑,不久加到两窑,最多烧到四窑。到两个月末尾,竟烧了八万多斤炭。连里、营里、团里,到处表扬他们。他们又继续烧。赶到秋收,前后五个月,共总送到铁厂四十万斤炭。张德胜自然是英雄,他的新英雄主义更影响全组,使王德兰和毛驴也变成劳动英雄,水牛和张喜变成模范工作者。

秘密列车

1948年9月的一天，早晨五点钟，北满昂昂溪车站秘密地开出一列火车，顺着洮昂铁路朝前飞跑。沿站事前也没得到通知，走到这一站，才告诉下一站，再往前就不知道了。

车上一共有十六个铁路工人，司机长叫范永，是个矮小精干的青年人。他们多半是司机的熟手，但是开这趟列车可真伤脑筋，个个人提心吊胆的，肩膀上像压着几千斤重的担子。原来车里装的都是炸药炮弹，现在奉到前方的紧急命令，要赶往西阜新送。那时候东北解放军正打锦州、义县，前线需要弹药，比需要吃饭都急。可是敌人的飞机炸得很厉害，往上开的火车常常出事。临走前，昂昂溪车站的军事代表神色挺严重，特意召集大家说："锦州战役一结束，咱们东北的解放战争也就可以胜利结束了。成不成功全在你们这列车上。"

列车越往南开，一步比一步困难。第二天一放亮，到了玻璃山。有人告诉他们说："小心吧，昨天飞机来了好几次，打坏好几辆机车。"白天便不敢再开。他们把车皮散开，离百八十米一个，又把机车藏到几棵小树底下，其实根本藏不住。司机徐成忠说:"咱们用黄泥把它涂一涂好不好?"涂老半天,天大亮了,也涂不成,都急得要命。范永想出一条计策说:"我看还是把它变成树吧。"就七手八脚砍了一大堆树枝,把机车插了个遍,把水箱打开,里面插上了一棵大树枝。范永又把汽缸盖卸下,扣到烟筒上边,不让烟往外冒。爬上小山一看,果真变成一片小树林了。到八九点钟,敌人的小飞机飞得挺低,路过了两下,连瞅也没瞅。这一天总算没出事。

天一黑又开车,到郑家屯时,站上的负责人警告他们说:"火车好开,彰武难过!一到彰武,不是挨炸,就是叫飞机打,千万可不能在那儿多停。"下半夜三点,到了阿尔乡,离彰武还有两站。他们不敢再往前走,趁天亮前,又忙着把车散开,把机车开到一个小山峡里,仍旧用头天的树枝隐蔽好。刚整完,有七点钟,范永正领着人修理右半边的气筒,飞机就来了两个。他们急忙钻到车轱辘底下,紧张地望着。飞机太气人了,飞得比电线杆子高不多少,小窗里的人都看得见,赶车的长鞭子也能打着它们。你看它们侧棱侧棱翅膀,瞅一瞅,去了一歇又回来,飞来飞去,一天五六次,范永他们也不敢离开。车里装的是多么重要的东西啊!不看着,叫人破坏了怎么办?他们冒着危险,直待了一天,傍晚得到各站的电话说:"通辽打坏了一辆机车,彰武台也打坏两辆,彰武炸得更凶,十二条线路,炸得只剩两条了。"

范永他们焦急开车,无奈彰武的铁路炸断,怎么能过得去?铁路工人全力抢修,到半夜,到底修好了,这趟列车才开上去。他们在车站外边停下,怕惊动旁人,惹起注意。亲自动手上完水,也不敢有灯亮,立时悄悄开过站去,当夜赶到五峰停下。五峰周围有不少山沟,两边是挺高的山,又有树,正好隐藏。但是山坡的斜度挺大，霜雪又重，一开车，轱辘光打空转，上不去，急死人了。连忙撒沙子，好歹才开上去隐蔽起来。就又把机车开到一边，向老百姓借了一二百个秫秸，一伪装，像个秫秸垛。

这时已经能听到义县的炮声了。大家熬了三天两宿，又饿又困，胡乱弄了点吃的，有的想睡，又怕马蛇子往嘴里钻，你睡我看着。傍晌，飞机又出现在天空了，先是两架小的，又来了四架大的，就像燕子穿梭似的，这个去了，那个又来了，旋一个圈，又一个圈。范永他们趴在山上，心跳得像敲鼓，气都不敢喘，看得真亮真亮的。只见飞机的尾巴一翘，扔下个炸弹，炸了彰武。一会儿又在他们头上把尾巴一翘，也像要拉屎，没拉下来。就这样，飞机在他们头上打一个转，到彰武扔一个炸弹，打一个转，扔一个炸弹。范永恨恨地数着，整整转了四十七转，把彰武又炸了个厉害，通辽也炸了，可就没炸五峰。徐成忠笑着骂道："他妈的，飞机闹眼睛了。不闹眼睛，还看不见咱？"

等天黑，飞机一走，他们乐得浑身发轻，仿佛也要飞起来。这里离西阜新只有七八十里地，这一夜不被发觉，一宿就到了。他们高兴得跑上车去，立刻准备往前开，可是上车头一看，不觉都倒抽一口冷气。水箱里只剩一尺半水了，不走四站地赶到新立屯，就没有上水的地方。这点水能不能支持四站地呢？谁也没有把握。要能借到十几付水桶，一齐挑，估计一点钟可以挑满。到车站一问，只一付筲，到街里，费了半天劲，也只借到两付，顶什么事？时候倒误了不少。这怎么行啊？时间这样紧，万一今晚上开不到西阜新，岂不要耽误大事！开吧！这是决定胜败的紧要关头。他们十六个人一齐出动，都到了机车上。范永司机，司炉去扒拉好煤烧。煤好，就省水。徐成忠提着瓦斯灯，照着水箱，看着上水，一滴水也不让它漏。机车的灯不敢使，拉汽笛不敢用长声拉，一遇下坡就关汽。开到两站地，只剩八寸水，又开一站，剩的只有三寸了。偏偏又要上坎。范永浑身的筋肉都紧张起来，开足气，火车就像渴得要死的人，一边往上爬，一边呼哧呼哧地干喘，挣扎着爬上岗，水箱也就干了。往下一望，恰好到了新立屯。车站扬旗落了，出现了绿灯，招呼进站。大伙这个乐啊，乐得叫道："这下好了！没水，推也推得到它。"

到新立屯，上完水，又开。赶十一点钟，进了仓土站。敌人真急了眼，飞机黑夜也来了，上边的小灯一闪一闪的，像星星。范永赶紧摘下机车，开出一二里路。这架过去，月黑头里，瞅见远处还有架飞机，亮着小灯。等了挺久，怎么不动呢？细一看，原来大伙瞅花了眼，是个小星星。

现在离最后的目的地西阜新只有四站地了。他们鼓足精力，开着这列火车拼命地飞奔起来。每站都来飞机。他们不亮灯，也不在站上停，只是一个劲跑。这不简单是跑，而是奔向胜利的冲锋。前面显出黑色的车站，他们欢喜得齐声喊道："这回可到了！"

站上停满了大卡车，都是军队上来接弹药的。一位军人代表跑上来热烈地祝贺他们道："估计你们明晚才能到呢，你们提前完成任务了。咱们成功再见吧。"

果然不久，义县解放，锦州也拿下来，解放全东北的最后一战胜利地展开了。这十六个铁路工人正是这一战里出色的人物。

百花山

一

　　京西万山丛中有座最高的山，叫百花山。年年春、夏、秋三季，山头开满各色各样的野花，远远就闻到一股清香。往年在战争的年月里，我们军队从河北平原北出长城，或是从口外回师平原，时常要经过百花山。战士们走在山脚下，指点着山头，免不了要谈谈讲讲。我曾经听见有的战士这样说："哎，百花山！百花山！我们的鞋底把这条山沟都快磨平啦，可就看不见山上的花。"就又有人说："看不见有什么要紧？能把山沟磨平，让后来的人顺着这条道爬上百花山，也是好事。"一直到今天，这些话还在我耳边响。今天，可以说我们的历史正在往百花山的最高头爬，回想起来，拿鞋底，甚而拿生命，为我们磨平道路的人，何止千千万万？

　　梁振江就是千千万万当中的一个。我头一次见到梁振江是在1947年初夏，当时井陉煤矿解放不多久，处置一批被俘的矿警时，愿意回家还是参加解放军，本来可以随意，梁振江却头一个参军。应该说是有觉悟吧，可又不然。在班里他跟谁都不合群，常常独个闪在一边，斜着眼偷偷望人，好像在窥探什么。平时少开口，开班务会也默不作声，不得已才讲上几句，讲的总是嘴面上的好听话。

那个连队的指导员带点玩笑口气对我说："你们做灵魂工作的人，去摸摸他的心吧，谁知道他的心包着多少层纸，我算看不透。"

我约会梁振江在棵大柳树阴凉里见了面。一眼就看出这是个精明人，手脚麻利，走路又轻又快，机灵得像只猫儿。只有嘴钝。你问一句，他答一句；不问，便耷拉着厚眼皮，阴阴沉沉地坐着。有两三次，我无意中一抬眼，发觉他的厚眼皮下射出股冷森森的光芒，刺得我浑身都不自在。他的脸上还有种奇怪的表情。左边腮上有块飞鸟似的伤疤，有时一皱眉，印堂当中显出四条竖纹，那块疤也像鸟儿似的鼓着翅膀。从他嘴里，我不能比从指导员嘴里知道更多的东西。只能知道他是河北内丘大梁村人，祖父叫日本兵杀了，父亲做木匠活，也死了，家里只剩下母亲和妻子。他自己投亲靠友，十八岁便在井陉煤矿补上矿警的名字，直混到解放。别的嘛，他会说："我糊糊涂涂白吃了二十几年饭，懂得什么呢？"轻轻挑开你的问话，又闭住嘴。事后我对指导员说："他的心不是包着纸，明明是有什么见不得人的心病，不好猜。"

此后有一阵，我的眼前动不动便闪出梁振江的影子，心里就想：这究竟是个什么人呢？他的性格显然有两面，既机警，又透着狡猾，可以往好处想，也可以往坏处想。偶然间碰见他那个团的同志，打听起他的消息，人家多半不知道。一来二去，他的影子渐渐也就淡了。

二

1947年11月间，河北平原落霜了。一个飞霜的夜晚，我们部队拿下石家庄，这是第三次国内战争期间，首先攻克的大城市。好大一座石家庄，说起来叫人难信，竟像纸糊的似的，一戳便破碎了。外围早在前几天突破，那晚间，市内展开巷战。当时我跟着下面一个指挥部活动，先在市沟沿上，一会儿往里移，一会儿又往里移，进展得那样快，电话都来不及架，到天亮，已经移到紧贴着敌人"核心工事"的火车站。敌人剩下的也就那么一小股，好像包在皮里的一丁点饺子馅，不够一口吃的了。事实上，石家庄不是纸糊的，倒是铁打的，里里外外，明碉暗堡，数不清有多少。只怪解放军来势猛，打得又巧，铁的也变成纸的了。

一位作战参谋整熬了一夜，眼都熬得发红，迎着我便说："听见没有？昨儿晚间打来打去，打出件蹊跷事儿来。"

旁边另一个参谋蜷在一张桌子上，蒙着日本大衣想睡觉，不耐烦地说："你嚼什么舌头？还不抓紧机会睡一会。"

先前那参谋说："是真的呀。有个班长带着人钻到敌人肚子里去，一宿光景，汗毛没丢一根，只费一颗手榴弹，俘虏五百多人，还缴获枪、炮、坦克一大堆，你说是不是个奇迹？"

我一听，急忙问道："班长叫什么名字？"

那参谋用食指揉着鬓角说："你看我这个记性！等我替你打

听打听。"

在当时,我很难料到这个创造奇迹的人是谁,读者看到这儿,却很容易猜到是什么人。正是梁振江。顺便补一笔,自从他参军以后,不久便在保定以北,立下战功,因而提拔成班长。当天,我马不停蹄地赶去看他。部队经过一夜战斗,已经撤到城外,正在休息。我去的当儿,梁振江一个人坐在太阳地里,手里拿着件新棉衣,想必是夜来战斗里撕碎了,正在穿针引线,怪灵巧地缝着。我招呼一声,梁振江见是熟人,点点头站起来,回头朝屋里望了一眼,小声说:"同志们都在睡觉,咱们外头说话吧。"便把棉衣披到身上,引我出了大门,坐到门口一个碾盘上。

我留心端量着他。看样子他刚睡醒,厚眼皮有点浮肿,不大精神。前次见面时脸上透出的那股阴气,不见了。

我来,自然是想知道夜来的奇迹。梁振江笑笑说:"也没什么奇怪的。"垂着眼皮想了一忽儿,开口说起来。说得像长江大河,滔滔不绝。先还以为他的嘴钝呢,谁知两片嘴唇皮比刀子都锋利。当天深夜,我坐在农家的小炕桌前,就着菜油灯亮写出他的故事,不多几天便登在《晋察冀日报》上,后来这家报纸和另一家报纸合并,就是《人民日报》。现在让我把那个粗略的故事附在这里:

"石家庄的战斗发展到市内时,蒋匪军做着绝望的挣扎,一面往市中心败退。巷战一开始,梁振江把他那个班分成三个组:一组自己带着,另外两个组的组长是张贵清和孟长生。这支小部队一路往前钻,时而迂回,时而包围,就像挖落花生似的,一嘟噜一串,把敌人从潜伏的角落里掏出来,这些都不必细说。单说天黑以后,又有云彩,黑糊糊的,不辨东西。梁振江私下寻思：这么大一座城市，人地生疏，又不明白敌情，要能有个向导多好！想到这儿，心一动，暗暗骂自己道：'真蠢！向导明摆着在手边，怎么会没想到？'当下叫来一个刚捉到的俘虏，细细一盘问，才知道隔壁就是敌人的师部。梁振江叫人把墙壁轻轻凿开，都爬过去，又把全班分做两路，蹑手蹑脚四处搜索。

"正搜索着，梁振江忽然听见张贵清拍了三下枪把子，急忙奔过去一看，眼前是一道横墙，墙根掏了个大窟窿，隔着墙翘起黑糊糊的大炮，还有什么玩意儿轰隆轰隆响，再一细听，是坦克。靠墙还有个防空洞，里边冒出打雷一样的鼾睡声，猜想是敌人的炮手正在好睡。可真自在！解放军都钻到你们心脏里了，还做大梦呢。

"梁振江这个人素来胆大心细，咬着嘴唇略一思谋，便做手势吩咐二组从墙窟窿钻过去，埋伏在炮后边，三组守住防空洞，他自己带着人从一个旁门绕到坦克正面，大模大样走上前去。

"坦克上有人喝道：'什么人？'

"梁振江低声喝呼说：'敌人都过来了，你咋呼什么！'

"对方慌忙问道：'敌人在哪儿？'

"梁振江说：'快下来！我告诉你。'

"坦克上接连跳下三个人来，不等脚步站稳，梁振江喝一声：'这不在这儿！'早用刺刀逼住。另外两组听见喊，也动了手，当场连人带炮都俘获了。

"不远处三岔路口有座地堡，听见声，打起枪来。梁振江弯着腰绕上去，大声说：'别打枪！净自己人，发生误会了。'趁地堡里枪声一停，冷不防摔过去一颗手榴弹，消灭了这个火力点。

"又继续往前搜索。走不远,有个战士跑过来,指着一个大院悄悄说:'里边有人讲话。'梁振江觑着眼望望那院子,吩咐战士卧倒,自己带着支新缴获的手枪,轻手轻脚摸上去,想先看看动静。可巧院里晃出个人影来,拿着把闪闪发亮的大砍刀,嘴里骂骂咧咧说:'他妈的!什么地方乱打枪?'一面朝前走。

"梁振江伏到地上,等他走到跟前,一跃而起,拿手枪堵住那人的胸口,逼他直退到墙根底下,一边掏出烟说:'抽烟吧,不用害怕。'

"那人吓得刀也掉了,哆哆嗦嗦问:'我还有命么?'

"梁振江笑着说:'你只管放心,解放军从来都宽待俘虏,我本人就是今年二月间才从井陉煤矿解放出来的,怕什么?'又说:'实告诉你吧,我是营长,我们十几个团早把你们师部包围住了,你们师长也抓到了。'

"那人一听,垂头丧气说:'事到如今,我也实说了吧。这是个营,外头有排哨,我是出来看看情况的。'

"梁振江问道:'你愿不愿意戴罪立功?将来还能得点好处。'

"那人见大势已去,就说:'怎么会不愿意?你看我该怎么办?'

"梁振江替他出了个主意,那人便对着远远的排哨喊:'排长!排长!参谋长叫你。'

"敌人排长听见喊,赶紧跑过来,对着梁振江恭恭敬敬打了个立正说:'参谋长来了么?'

"梁振江说:'来了。'一伸手摘下他的枪,又虚张声势朝后喊道:'通讯员!叫一连向左,二连向右,三连跟我来,把机枪支好点!'

"后面几个战士一齐大声应道:'支好了。'说着跑上来。这一来，弄得敌人排长胆战心惊，只得乖乖地叫他的排哨都缴了枪。

"院里上房听见动静，一口吹灭灯，打起手榴弹来。梁振江拿枪口使劲一戳敌人排长的肋条，那排长急得叫：'别打！别打！我是放哨的。'梁振江趁势蹿进院，几个箭步闪到上房门边，高声叫道：'缴枪不杀！'先前那个拿砍刀的俘虏也跟着喊：'人家来了十几个团，师长都活捉了，还打什么？'于是里边无可奈何地都放下武器。

"这时天色已经傍明，再向前发展就是敌人最后的核心工事，敌人的残兵败将早被各路解放大军团团围住，剩下的无非是收场的一步死棋了……"

这一仗，梁振江表现得那样出色，因而记了特功，又入了党。记得萧克将军在一次干部会上，曾经着重谈到梁振江用小部队所创造的巧妙战术，认为这是夺取大城市的带有典范性的巷战。无怪当时有不少人赞美梁振江说："这是石家庄打出的一朵花！"我当时记下他的故事，可是谁要问我他究竟是怎样个人，我还是不清楚。头一次见到他，他是那么躲躲闪闪的，天知道藏着什么心计，忽然间会变成浑身闪光的英雄，这是容易懂的么？还记得我跟他谈这次战斗时，有几次，他说的正眉飞色舞，冷丁沉默一忽儿，露出一点类似忧愁的神情。再粗心，我也感觉得出。他的心头上到底笼着点什么阴影？直到第三次见面，他才对我掏出心来。

三

我们第三次见面正是在百花山下。那时是1948年春天,石家庄解放之后,部队经过一番休整,沿着恒山山脉北出长城,向原察哈尔一带进军。那天后半晌来到百花山脚,山村里许多房屋都被敌人烧毁,只好露营。我在一棵杏花树下安顿好睡处,顺着山沟往下走,看见许多战士坐在河边上洗脚,说说笑笑的,有人还大声念:"铺着地,盖着天,河里洗脚枕着山!"好不热闹。

忽然有个战士蹬上鞋跳起来,叫了我一声,我一看正是梁振江。他的动作灵敏,精神也透着特别轻快,比先前大不相同,冲着我说:"我老巴望着能跟你谈谈,怎么不到我们连队来?"

我也是想见他,便约他一起稍坐坐。梁振江回头对别的战士打个招呼,引我走出十来步远,指着一块石头让我坐,开口先说:"我看见你的文章了,你把我写得太好了。"

我说:"本来好嘛。"

梁振江一摆头说:"不是那么回事。我有一段见不得人的历史,在家里杀过人,一直对党隐瞒着。不是经过这几个月的学习,现在思想还不通。"

我不免一惊。梁振江飞快地瞟我一眼,又垂下眼皮说:"我们家乡一带,土匪多,大半是吸白面的。我父亲活着的时候,挣了十几亩地,日子过得还富余。不想一年当中,三月腊月,挨了两次抢,抢得精光。我那年十八岁,性子暴,不服气,明察暗访,知道土匪跟邻村一个大财主勾着,抢了,也没人敢讲。我告到官府去,官府又跟财主勾着,睁着一只眼闭着一只眼,看见也装不看见。我气极了,几夜不能合眼,恨不能放把火,把这个世界烧个精光。后来一想:你会动枪,我就不会动武的?心一横,卖了两亩地,买了支三八盒子枪,联络上村里一帮青年,专打吸白面的黑枪。有一回,邻村那财主骑着马进城去,也没跟人。我们藏在高粱地里,一打枪,马惊了,财主掉下来,叫我们绑住,系到一眼枯井里,由我下去看着。那家伙认识我,倒骂我是土匪,还威胁我说,要不放他,有朝一日非要了我的命不可。我又急又恨,一时遏不住火,把他打死,连夜逃到煤矿去。这件事我瞒得严密,从来没人晓得,心里可结个疙瘩,特别是在石家庄战役以后,党那么器重我,我对党却不忠诚,更是苦恼得很,终于我都告诉党了。"

我听了笑道:"逼上梁山,这正是中国人民光明磊落的历史,有什么见不得人的?"

梁振江也一笑,又说:"我的思想更不对头。你记得头一次见面,我对你的态度么?我疑心你是来套我的。我就是多疑,刚解放过来,心里又有病,处处不相信革命。问我参军还是回家,我家里撇下母亲妻子,好几年没有音信,不是不想回去,可是当地有人命案子,回去不行。再说,自个儿是炮灰里清出来的,不参军,肯依我么?干脆抢个先,报了名吧。我又疑心打仗时候,会拿我挡炮眼。临到打保(定)北,一看老兵都在前边,班长倒叫我挖个坑,好好隐蔽。后来一乱,我和本连失掉联络,随着另一个连冲锋,只见连长擎着枪,跑在最前头,这下子鼓起我的决心,猛往上冲,结果立了战功。在革命队伍里受的教育越久,认识越高,赶解放石家庄,就更清楚革命力量有多强大了。"

我笑着说:"恐怕还不完全清楚吧?将来我们还要解放北

京,解放全国……前途远得很呢。"

梁振江说:"你想得倒真远。"

我问道:"人都该有理想,你没有么?"

梁振江笑笑说:"我也有,想得更玄。我父亲是做木匠活的,喜欢拿树根刻玩意儿,一刻就是神仙驾着云头,缥缥缈缈的。我问他怎么专刻神仙,他说人要能成仙,上了天,什么都不愁,再快活没有了。有时我也会望着云彩痴想:几时能上天就好了。"

我笑道:"人不能上天,可能把想象的天上的生活移到地面上,甚至于更圆满。你懂得我的意思么?"

梁振江说:"懂得。"

前面一片柿子树林里吹起开饭号,一个战士喊:"梁班长!吃饭。"又用筷子敲着搪瓷碗,像唱歌似的念:"吃得饱,睡得足,明天一早好开路。"

我便握着梁振江的手笑道:"去吃饭吧。吃了饭,好好休息,明天再向我们的理想进军。"

进军的速度是惊人的。从我们这回分手后,部队沿着长城线,出出进进,走过无数路,打过许多漂亮仗。1948年冬天,在新保安又打了个出色的歼灭战,歼灭敌人一个军部和两个师。我本来知道梁振江那个部队也参加这次战斗,想随他们一起行动,不想临时有别的任务,不得不到别的部队去。这以后,革命部队真是一泻千里,到1949年初,便进入北京了。北京这个富丽堂皇的古都,谁不想瞻仰瞻仰,于是各部队的干部轮流参观。有一天,在游故宫三殿时,我遇见梁振江那个部队的一位政治工作人员,彼此在胜利中会面,自然格外兴奋,握着手谈起来:谈到一些旧事,也谈到一些熟人。

我问起梁振江,那位同志睁大眼说:"你还不知道么?他已经在新保安牺牲了!"

我的心好像一下子叫人挖掉,空落落的,说不出是什么滋味。对于同志的死,我经历的不止一次,可是在这样万人欢腾的日子里,忽然听见一位同志在胜利的前夕倒下去了,我不能不难过。我极想知道他死前的情形,更想知道他死的经过,无奈一时探听不出,只听说他临牺牲前,躺在指导员怀里,眼望着天说:"可惜我看不见胜利了!"

我们却能在胜利中,处处看见他。现在是1957年"八一"前夕,到处都在庆祝解放军三十周年。我写完这篇文章,已经是深夜,窗外的夹竹桃花得到风露,透出一股淡淡的清香。隔着纱窗往外一望,高空是满天星斗。我不觉想起梁振江那种缥缥缈缈的理想。今天在地面上,我们不是已经开始建立起比天上还美妙的生活?这种生活里处处都闪着梁振江的影子,也闪着千千万万人的影子。我们叫不上那千千万万人的名字,他们(包括梁振江)却有一个永世不灭的共同的名字——这就是"人民"。

王禄小记

我有位朋友,是个记者,几年来走南闯北的,阅历很深,每逢见到我这个他称做"喜欢评头品足的文人",也爱说长论短,告诉我许多事情。这里记的就是他新近谈的一番是非。

我们的国家已经走进社会主义了,这是明明白白的事,还用问么?可是,就有一类人,不是站着,倒是躺着往社会主义里走。脚进去了,全身都进去了,偏偏脑袋别在门框子外边,进不去。

今年二月,我到东北一个煤矿去,只要眼睛稍微留神些,到处可以捡到铁丝、道钉、螺丝帽一类东西。真是"脚下踩黄金",叫人心痛。这自然是少数矿工随手丢的。作怪的总是思想:不把公家东西当成自家东西一样看待。要是自家的,哼,连点针头线脑也舍不得扔。

有一回,就是在那个煤矿上,我到一所露天矿去采访,老远望见一堆人围着台电镐乱转转。电镐周围烟腾腾的,火苗顺着电镐两边的门口往外蹿。有人手忙脚乱地往上撂沙子,也压不住火。我跑下去，迎面正好有另外几个工人刚刚跑到，看样子，都是才下班要回家的。

领头的工人身材不高，约莫二十几岁，一跑到跟前便喘着嚷："怎么会起火的？准是电火。"

后边一个工人急得问："咋办？"

那个青年工人说："咋办？脱衣服！"

有人说："不把衣服烧坏了？"

青年工人说："管那个呢。"脱下棉袄便往电镐上跳。

不知谁喊："别上去，看烧死你！"

青年工人理也不理，冒着烟火跳上去，紧跟着又有两个工人也跳上去。火苗顺着他们的头顶卷来卷去，几个工人侧着脸避开火，拿棉袄乱扑打，又用袄往火上捂。

那个青年工人又在上边喊："弄水来！"

水弄来，下边的人往上泼，七手八脚总算把火救灭。二月天，本来冷得很，那个青年工人救完火下来，身上穿着单衣，浑身上下都叫汗湿透了。只说了句："该回家吃饭啦。"披上烧煳的棉袄走了。

你看，这又是一类人，彻头彻尾走进社会主义来。当时我一打听，知道这个青年叫王禄，是四十二号电镐的司机。

你一定要问：这到底是怎样个人物？这个人物也确实有意思。乍一看，王禄的脸有点苍白，显得怪瘦弱的。人也有点羞涩，不大言语。只要你一接触他，立刻会觉得他身上有股劲，说不出是股什么劲，反正热烫烫的，好像随时都会一头冲出去。不信你当着他的面说矿山几句坏话，他才不留情面呢，不顶你几句才怪。听他谈起矿山，就像谈起心爱的美人儿似的："哎呀呀！你没见那露天大矿啊，煤黑亮黑亮的，直放光，要是啃它几口，准是又酥又脆。"

至于那台电镐，更是他心尖上的肉。这不是机器，在他心上，这是个有生命有感情的活人。时常听见他啧啧着舌头说："瞧这老家伙，溜明崭亮，多威武！干起活来，饶你是神仙也赛不过他。"黑夜回家睡觉，也放不下心，有时睡到半夜忽然会爬起来听。他听电镐的声音，就像听人说话一样，一声咳嗽，一个字音，就能听出那是自己的亲人，还能听出亲人的心情怎样。声音好，知道电镐没病，他才能安心睡觉。有时干脆不回家，守着电镐睡，惹得妻子抱怨他不懂情意。

伙伴们耍笑他说："你敢情是爱上这个老家伙了。"

王禄对电镐的感情是浓，凡事总是先想到电镐，不大想到自己。这个露天矿早年日本人便开发过，挖了许多斜井，后来井口又堵住，表面看不出，要是电镐从上边过，土一压塌，机器陷下去，几个星期才能弄上来，不知要耽误多少生产。有那么两次，王禄开着电镐采煤，觉得轮子底下的土发松，好生疑心：是不是有"老塘"啊？他就走几步，用电镐的杓子头按一按前面的地皮。忽然轰隆一声，土按下去，果然露出个"老塘"。王禄实际是个急性子人，为什么会这样细心？这也不怪。对于自己心爱的人的安全，任何人总是格外敏感的。

不过有一晚上，还是差点儿连人带机器都葬送了。

那一晚上，王禄和一个叫杨长生的司机轮的是后半夜班。正是冬天，黑夜冷得要命，天亮以前，王禄把机器交给杨长生操纵，自己坐到司机室后边，脱下手套刚想烤火，忽然闻到一股火药味。王禄的心一动，寻思说：照规章，夜间不许放炮炸岩石，又没听见炮响，哪儿来的炸药味呢？一边想一边又回到司机室去。电镐的头灯正亮着。王禄从杨长生身后往窗户外一望,灯光里显出一条发白的绳子,有火柴头粗,不是炸药的火线是什么?

这时杨长生已经挖了一杴炸药,还当是煤,撂到车上,又要去挖第二杴,王禄大声喊:"别挖!有炸药!"

杨长生惊得把杴子头一转,转到旁边去。两人跳下去一看,前面就是一大堆炸药,用手往下一扒拉,扒拉出两个雷管来。

王禄一伸舌头说:"好险啊!这要是杴子头一碰上雷管,镐炸碎了,咱俩的小命也完了!"

只是这堆炸药是怎么个来历,一定要追查清楚。王禄压不住火,立时拿着雷管去质问安全班长。

班长说:"也许是臭的吧?"

王禄说:"臭的?"当场逼着班长把雷管拿出去,通上电一试,响了。

王禄怒气冲冲说:"为什么炸岩石随便丢炮拉炮?一台电镐六十万元,万一炸坏了,国家的损失多大!人死了,更是没有价钱。得好好追究责任,不能拿着公家财产当儿戏!"

那位记者朋友谈到这儿,我插嘴问:"你说的是不是阜新海州露天矿的那个王禄?"

记者愣了愣,反问道:"不错啊,你认识他么?"

当然认识。我昨天刚和王禄谈了大半天,他是到北京来参加青年团全国代表大会的。谈起矿山,谈到他的电镐,这个年青人低着头,还羞答答地说:"乍离开矿山那天,我真想啊,一宿都没睡好。一寻思:我的电镐什么样,怎么动法,叫的又是什么声音,我的心就发颤。昨天晚上做梦,还梦见在电镐上呢。"

由于我的职业性的习惯,我不能不"评头品足"一番。于是我问那位记者道:"你分析分析,为什么他对矿山会那么爱。"

记者笑笑说:"这有什么难分析的?你想想,他十一岁到阜新下煤坑,父亲早死了,母亲又死了,孤孤零零一个人,大冬天光着脚丫子在雪窝里跑,没死还不是捡的一条命。一直在矿山上住了十四年,于今成了家,立了业,有了今天。他的痛苦,他的幸福,他的生命,都跟矿山结合到一起,你怎么能叫他不爱?"

《铁流》的故事

直到如今,我的旧"家当"里还藏着个皮背包,底差不多快要磨透,用是不能再用了,可总舍不得丢。细算一算,这个背包跟我足有十六年了。想当年在那风雨茫茫的战争年月里,我曾经用它装过介绍信、粮票、菜金、笔记本……还装过一本苏联小说《铁流》。提起《铁流》,当中还有些周折。远在二十多年前,当时日寇还侵占着我们东北的国土,我在哈尔滨度过一段黑暗的日子。最难忘的是失去自由后头一个严酷的冬天。我的住处紧临着一条比较热闹的大街,一到黑夜,时间却像倒退到几万万年前的洪荒时代,四下里一点动静都听不见,只听见风卷着大雪,呜呜地哭号着,一阵又一阵扑到楼窗上。时常睡到半夜,忽然惊醒,耳边上轰隆轰隆响着敌人过路的坦克。我睁大眼,瞪着漫漫无边的黑夜,觉得坦克好像从我胸口碾过去,把我的心都碾碎了。

就在这样艰难的日子里,我无意中从一家外国书店得到一册英译本的《铁流》。早就渴望着读读这本小说了,一旦到手,自然喜欢,便像一只蠹鱼似的,一头钻进书里去。又不敢大张旗鼓地读，只能在夜晚，反锁上门，拥着被看，常常直看到深更半夜，还舍不得放下。从小说里，我看见苏联人民在人类历史上那场翻天覆地的革命中，曾经走过多少艰苦的道路，阅历过多少激烈的战斗。他们离我那么远，却又那么近。我仿佛感觉得到他们的呼吸，摸得到他们跳动的心脏。要想象出苏联该是个什么样子，在我当时是不容易的。可是一想到这个国家在地球上的存在，想到十月革命替人类所开辟出来的道路，我的眼前便闪着亮光。夜黑得像墨，窗外正飘着大雪。一时间，我却觉得不再有风雪，不再是冬天，好像窗外满地正照耀着暖洋洋的太阳光，漫天正飞着软绵绵的柳絮——春天透进我的精神里了。

我在旧背包里曾经装过的《铁流》，并不是那册英译本，而是抗日战争期间，在河北敌后游击根据地一个干部家里得来的。书搓弄得像是烙煳的千层饼，边边角角都卷着。可是，久别的老朋友啊，有你在战争的年月里贴在身边，就是个鼓舞。我爱惜这本书，每每在游击战争的空隙里，夜晚挑亮小菜油灯，歪在农家的土炕上随意读几段。不想一天出了乱子。

当时跟我一起工作的有个饲养员，姓刘，叫老三。老三是四十以上的人了，生得矮矮的，脸上有几颗浅麻子。人极其忠实，又能吃苦耐劳，可就有一宗，最怕学习。闲常喂完牲口，总爱蹲在墙根晒太阳，嘴里咬着小旱烟袋，跟农民家长里短地谈些庄稼话。再就是爱跟马大声小气地说话。有一次，我听见他吆吆喝喝的，不知生了多大的气，去一看，原来他正替马梳啊，刮呀，还替马顺着脖子打了一溜光滑的小辫子，实在耐烦。

不记得确定的时间了，反正有那么一个白天，我有点空，从背包里抽出《铁流》，打算看几页，忽然听见老三在院里喊，跑出去一看：马卧在栏里，起不来了。得的是"瞽眼"症，最急，救得稍微一慢，会糟蹋牲口的。幸亏老三是内行，会治。我把《铁流》搁到牲口槽边上，急忙去借剪刀一类家伙。老三剪了马耳朵梢，又刺马的前胸，给马放血。血是黑的，流得到处都是。老三一转身抓到一团烂纸，替马擦着前胸，又擦自己的手。忙乱一阵，马算是不要紧了。我回头去拿书，却见书上沾着好大一片血，生生撕掉十来页。

我急得说："老三，你怎么把书撕啦？"

老三漫不经意说："等纸用嘛！撕几页有什么关系？"

我说："怎么没关系？你撕了，我看什么？"

老三见我生了气，咧开嘴笑着，搭讪着躲到一边去，悄悄对房东老大娘叽咕说："一本破书，值个什么？饿了不能当饭吃，烧水还烧不开半壶水！牲口没出娄子，比什么都好。"

我也不耐烦再理他，弯着腰拾起那一团一团擦马血的书页，几乎都烂了，只剩三五页还能勉强认出字来。这晚间，我从房东找到点糨糊，动手把那三五页再贴到书上去。老三盘着腿坐在炕头上，闭着一只眼引上针，借着灯亮缝马褡子。忽然嗤的一声笑着问："你那到底是本什么书？走到哪里背到哪里，也不嫌沉。"

我说："哈，别看它破，又不能当饭吃，可敌得住十万支枪，能打击敌人。"

老三眨巴着眼睛问："是真的么？你念一段咱听听好不好？"

我担心照着字句念，他未必能接受，便翻着书，简单扼要地从头讲起《铁流》的故事。起初，老三一面缝马褡子，一面听，听到后来，不觉抬起头，停下针线，聚精会神地望着我，完全叫故事迷住了。我有心逗他，讲着讲着，不讲了。老三急得催我，我说："还讲什么？这有好几页都叫你撕啦。"

老三一听，懊悔地咕哝着："真倒霉！前面不撕，后面不撕，偏在热闹的节骨眼上，撕啦！"

不要紧，撕了我也记得。打这天起，我算叫老三黏上了。本来老三最怕上文化、政治课，一上课头就晕乎乎的，不知怎的却对《铁流》那么着迷。无论白天黑夜，见我一空，准在我身边磨磨蹭蹭的，一会儿就揉搓着耳朵笑啦："再来一小段好不好？"

我就陆陆续续接着讲。不料这时，河北平原上的军民对日寇展开一次反"扫荡"。部队的行动更飘忽，战斗更频繁。凡是多余的东西，都要"坚壁"起来，免得累赘。我收拾起一些笔记日记，连同那本《铁流》，还有点衣服，托一家可靠的老乡就地埋起来。不久，反"扫荡"胜利结束，部队重新转到先前那个村，一问老乡，谁知我埋的东西叫日伪军掘个精光。别的倒不要紧，唯独那本《铁流》，老三一听说丢了，你瞧他那个抱怨我吧，怪我为什么不把书交给他保管。要是交给他，他说命丢了，也有法儿叫书不丢。

我说："别的都可惜，《铁流》丢了，倒好。"老三紧眨巴着眼望着我，我便破解说："你不懂么？这本书如果落到伪军手里，比宣传弹都厉害，岂不正好？"

老三听了，噢噢地点着头笑，可总掩不住那种失望的神情。我摸得准他的心事，便根据自己记得的，终于把《铁流》的故事给他讲完。我也曾问过老三，为什么那样爱听。老三揉搓着耳朵，嘴里哑哑地笑着说："谁知道呢。反正一听，就觉得特别够味，好像喝了四两白干，浑身上下都是力气，你叫我跳到火里去打鬼子，我也敢去。"

在抗日战争末期，老三，这个勤劳朴素的饲养员，便复员回家了。我只记得他是河北顺德人，家里还有个老哥哥。到底是顺德什么地方人，可惜记不清了。分别以后，十多年来，常想打听到他的消息。可是人海茫茫，又从哪儿打听得到呢。算起来，他现在也该是六十岁左右的人了。如果我能知道你在哪个农业合作社里当老饲养员或是干别的什么营生，我一定买一本新出的《铁流》，亲自去送给你。

埃及灯

我从火一样燃烧着的游行队伍里走出来,浑身发燥,胸口跳得厉害。迎面起了风,一阵落叶扑到我的身上。我仰起头一望:街道两旁的树木都黄了,太阳光一映,显出一片透明的金色——多美啊,北京的初冬。

刚才在埃及大使馆前的情景还牢牢铸在我的心上。人,怎么说好呢,真像是山,像是海,一眼望不见边。只望见飞舞的纸旗,只听见激昂的喊声。有一处扬起歌声,到处立时腾起慷慨的壮歌,于是人们拥抱着,满脸流着纵横的热泪。我懂得这种眼泪,这是埃及人民英勇地反抗英法侵略的行动所激起的中国人民最高贵的感情。怀着这种感情,我们什么都愿意拿出来,什么都愿意做,只要为的是埃及人民的自由。

走回家来,累是有点累,我的感情里还是翻腾着狂风暴雨,不知不觉走到玻璃书橱前,不转眼地望着里面摆的一盏小灯。这盏灯是平平常常的洋铁做的,半尺来高,四面鼓起来,镶着玻璃,玻璃上涂着红绿颜色。灯是灵巧、好看,可是过去也无非像别的小纪念品一样,我爱惜它,但也并不特别爱惜它。看见灯,我的脑子里常常要闪出个人影来。

事情相隔有好几年了,那时候我到罗马尼亚去参加一个国际性的大会,碰见了许多来自世界各个角落的宾客,都住在一家大旅馆里。有一天晚饭后,我在客厅里闲坐,望着壁上挂的喀尔巴阡山风景画,一位脸色淡黑的人走到我跟前,拿指头一点我问:"中国?"

我笑着站起来,没等开口,又有好几位陌生的朋友围上来,当中有位妇女特别惹眼。她约莫三十岁左右,高身段,戴着墨镜,耳朵上摇着两只金色大耳环,怪好看的。

脸色淡黑的人说:"允许我介绍一下吧,这是我们埃及的代表,非常著名的舞蹈家。"

那女舞蹈家握住我的手,忽然说:"你等一等。"一转身上楼去了。去了不久又回来,手里拿着顶像我们维吾尔族戴的那样漂亮的小帽,中指上挂着盏小玻璃灯。

她把小帽替我戴到头上,左右端量着说:"简直像我们埃及人一样好看呢。"接着又把那盏灯递给了我。

我细细看着那盏精巧的小灯,想起《天方夜谭》里的故事,不觉笑着说:"也许这就是'神灯'吧?"

那女舞蹈家挺开朗地笑起来:"这是埃及灯,不是神灯。你插上支烛,夜晚点着,可以照着亮走遍全埃及,不会迷路。"

我说:"好,好,有了这盏灯,我该可以照着亮走遍全中国了。"

女舞蹈家紧摇着大耳环说:"用不着,你们的路已经是亮的了——慢着,你能送我点东西么?"

我寻思送她点什么礼物好,女舞蹈家接着又说:"我想要的也只是眼前的东西,最好能给我点中国烟。你们的烟实在香,抽着，能够引人深思，想到很远很远的将来。"

偏偏我带的烟并不多，好歹搜寻出一小铁盒，想送她，可是不知怎的，一连几天，我在餐厅找她，在客厅等她，总不见她那健美的身影。到后来，大会结束，各方面来的客人开始纷纷走了，那盒烟还白白带在我的身边，送不出去。我有点惆怅：看样子她早离开这里，回到她那古老而迷人的祖国去了。

那天中午，我从画馆看画回来，看见旅馆门前停着辆汽车，侍者正往车上装行李。一进门，两只金色的大耳环恰巧迎面摇过来。

我又惊又喜，迎上去说："啊！你还没走啊。"

女舞蹈家说："我这就要走了。这几天，我身体不大舒服，也没向你告别。"

她的脸色果然有点苍白，说话的声调懒懒的。我问她害的什么病，她淡淡地一笑，用开玩笑的口气说："也许是思乡病吧，谁知道呢。"

我急忙说："请你等一等。"便跑上楼去，拿下那盒烟送给她。礼物太薄，实在拿不出手去，我觉得有点难为情。

那女舞蹈家却露出明亮的喜色，紧握着我的手说："谢谢你，太谢谢你。礼物不在多少，是个情意。我们要永远互相记着。将来有一天，我盼望你能到埃及来。"

我说："能来的时候我一定来。"

她说："该来的时候你就来吧。来了，别忘记告诉我，我给你讲《天方夜谭》，还要讲埃及的新故事给你听。"

海角天涯，一别就是好几年，我们彼此再也没有消息。想写信也没法写。说起来遗憾，我竟不知道她的姓名，她呢，也从来没问起我的名姓。可是每逢我站到玻璃橱前，望见那盏灯，我的神思一晃，就会出现个幻影：在那茫茫的埃及原野上，风沙黑夜，一个妇女摇着金色大耳环，提着小玻璃灯，冲着黎明往前走去……

今天，我凝视着那盏灯，我的眼前又出现那个幻影，但是我看见的那对大耳环不是孤孤零零的，而是夹在奔跑着的人流里边；每人拿的也不是一盏小灯，而是千千万万支闪亮的火把。我仿佛听见那女舞蹈家在对着我喊："来吧！你该来了！"

我要去，我实在想去。只要埃及人民需要的话，我一定要作为一名志愿军。我不想去听奇妙的故事，我愿意把我的生命化作一支小小的蜡烛，插在埃及灯上，只要能发出萤火虫尾巴那么点大的光亮，照亮你们比金子还要可贵的心，就算尽了我应尽的友谊。

亲爱的朋友，让我们先说一声：埃及见！

金字塔夜月

听埃及朋友说，金字塔的夜月，朦朦胧胧的，仿佛是富有幻想的梦境。我去，却不是为的寻梦，倒想亲自多摸摸这个民族的活生生的历史。

白天里，游客多，趣味也杂。有人喜欢骑上鞴着花鞍子的阿拉伯骆驼，绕着金字塔和人面狮身的司芬克斯大石像转一转；也有人愿意花费几个钱，看那矫健的埃及人能不出十分钟嗖嗖爬上爬下四百五十尺高的金字塔。这种种风光，热闹自然热闹，但总不及夜晚的金字塔来得迷人。

我去的那晚上，乍一到，未免不巧，黑沉沉的，竟不见月亮的消息。金字塔仿佛溶化了似的，溶到又深又浓的夜色里去，临到跟前才能看清轮廓。塔身全是一庹多长的大石头垒起来的。顺着石头爬上几层，远远眺望着灯火点点的开罗夜市，不觉引起我一种茫茫的情思。白天我也曾来过，还钻进塔里，顺着一条石廊往上爬，直钻进半腰的塔心里去，那儿就是当年放埃及王"法老"石棺的所在。空棺犹存，却早已残缺不堪。今夜我攀上金字塔，细细抚摸那沾着古埃及人民汗渍的大石头，不能不从内心发出连连的惊叹。试想想，五千多年前，埃及人民究竟用什么鬼斧神工，创造出这样一座古今奇迹？我一时觉得：金字塔里藏的不是什么"法老"的石棺，却是埃及人民无限惊人的智慧；金字塔也不是什么"法老"的陵墓，却是这个民族精神的化身。

晚风从沙漠深处吹来，微微有点凉。幸好金字塔前有座幽静的花园，露天摆着些干净座位，卖茶卖水。我约会几位同去的朋友进去叫了几杯土耳其热咖啡，喝着，一面谈心。灯影里，照见四处散立着好几尊石像。我凑到一尊跟前细瞅了瞅，古色古香的，猜想是古帝王的刻像，便抚着石像的肩膀笑问道："你多大年纪啦？"

那位埃及朋友从一旁笑应道："三千岁啦。"

我又抚摸着另一尊石像问："你呢？"

埃及朋友说："我还年青，才一千岁。"

我笑起来："好啊，你们这把年纪，好歹都可以算做埃及历史的见证人。"

埃及朋友说："要论见证人，首先该推司芬克斯先生，五千年了，什么没经历过？"

旁边传来一阵放浪的笑声。这时我们才留意到在一所玻璃房子里坐着几个白种人，正围着桌子喝酒，张牙舞爪的，都有点醉意。

埃及朋友故意干咳两声，悄悄对我说："都是些美国商人。"

我问道："做什么买卖的？"

埃及朋友一撇嘴说："左右不过是贩卖原子弹的！"

于是我问道："你们说原子弹能不能毁了金字塔？"

同游的日本朋友吃过原子弹的亏，应道："怎么不能？"

话刚说到这儿，有人喊："月亮上来了。"

好大的一轮，颜色不红不黄的，可惜缺了点边儿，不知几时从天边爬出来。我们就去踏月。

月亮一露面，满天的星星惊散了。远近几座金字塔都从夜色里透出来，背衬着暗蓝色的天空，显得又庄严，又平静。往远处一望那利比亚沙漠，笼着月色，雾茫茫的，好静啊，听不见一星半点动静，只有三两点夜火，隐隐约约闪着亮光。一恍惚，我觉得自己好像走进埃及远古的历史里去，眼前正是一片世纪前的荒漠。

而那个凝视着埃及历史的司芬克斯正卧在我的面前。月亮地里，这个一百八十多尺长的人面狮身大物件显得那么安静，又那么驯熟。都说，它脸上的表情特别神秘，永远是个猜不透的谜。天荒地老，它究竟藏着什么难言的心事呢？

背后忽然有人轻轻问："你看什么啊？"

我一回头，发现有两个埃及人，不知几时来到我的身边。一个年纪很老了，拖着件花袍子；另一个又黑又胖，两只眼睛闪着绿火，紧端量我。一辨清我的眉目，黑胖子赶紧说："是周恩来的人么？看吧，看吧。我们都是看守，怕晚间有人破坏。"

拖花袍子的老看守也接口轻轻说："你别多心，是得防备有人破坏啊。这许许多多年，司芬克斯受的磨难，比什么人不深？你不见它的鼻子么？受伤了。当年拿破仑的军队侵占埃及后，说司芬克斯的脸神是有意向他们挑战，就开了枪。再后来，也常有外国游客，从它身上砸点石头带走，说是可以有好运道。你不知道，司芬克斯还会哭呢。是我父亲告诉我的。也是个有月亮的晚上，我父亲从市上回来得晚，忽然发现司芬克斯的眼睛发亮，就近一瞧，原来含着泪呢。也有人说含的是露水。管他呢。反正司芬克斯要是有心，看见埃及人受的苦楚这样深，也应该落泪的。"

我就问："你父亲也是看守么？"

老看守说："从我祖父起，就守卫着这物件，前后有一百二十年了。"

"你儿子还要守卫下去吧？"

老看守转过脸去，迎着月光，眼睛好像有点发亮，接着咽口唾沫说："我儿子不再守卫这个，他守卫祖国去了。"

旁边一个高坡上影影绰绰走下一群黑影来，又笑又唱。老看守说："我看看去。"便走了。

黑胖子对着我的耳朵悄悄说："别再问他这个。他儿子已经在塞得港的战斗里牺牲了，他也知道，可是从来不肯说儿子死了，只当儿子还活着……"

黑胖子话没说完，一下子停住，又咳嗽一声，提醒我老看守已经回来。

老看守嘟嘟囔囔说："不用弄神弄鬼的，你当我猜不到你讲什么？"又望着我说："古时候，埃及人最相信未来，认为人死后，才是生命的开始，所以有的棺材上画着眼睛，可以从棺材里望着世界。于今谁都不会相信这个。不过有一种人，死得有价值，死后人都记着他，他的死倒是真生。"

高坡上下来的那群黑影摇摇晃晃的，要往司芬克斯跟前凑。老看守含着怒气说："这伙美国醉鬼！看着他们，别叫他们破坏什么。"黑胖子便应声走过去。

我想起什么，故意问道："你说原子弹能不能破坏埃及的历史？"

老看守瞪了我一眼，接着笑笑说："什么？还有东西能破坏历史么？"

我便对日本朋友笑着说："对了。原子弹毁不了埃及的历史，就永远也毁不了金字塔。"

老看守也不理会这些，指着司芬克斯对我说："想看，再细看看吧。一整块大石头刻出来的，了不起呀。"

我便问道："都说司芬克斯的脸上含着个谜语，到底是什么谜呢？"

老看守却像没听见，紧自比手画脚说："你再看：它面向东方，五千年了，天天期待着日出。"

这几句话好像一把帘钩，轻轻挂起遮在我眼前的帘幕。我再望望司芬克斯，那脸上的神情实在一点都不神秘，只是在殷切地期待着什么。它期待的正是东方的日出，这日出是已经照到埃及的历史上了。

亚洲日出

非洲的二月，不冷不热的，恰似祖国的三春好景。从开罗到塞得港，沿着一条运河的两岸，田野里泛着漠漠的晓雾。正是耕种的季节。透过枝叶像孔雀翎似的椰枣树，处处望得见农民吆喝着牛耕田，身后紧跟着一群一群雪团也似的白鸟，也不避人，从从容容搜寻着从土里翻起的虫子吃。怪不得埃及人叫这种鸟是"农民的朋友"。偶尔可以看见高视阔步的骆驼往田里送肥料，嘎嘎叫起来，就像深夜的雁唳。村边上，屋角上，常常会探出一树白花，像杏花，又不像杏花。

我不觉想起远在亚洲的祖国。这时候，该还飘雪吧？在亚洲，谈起非洲，总觉得远得很，好像天上的星星一样远。我飞渡千山万岭，重洋大海，落到这非洲的一角。风物人情，样样都显得新奇别致。从车窗望出去，那条船帆往来的运河，也许就是举世瞩目的苏伊士运河吧？

陪我同去塞得港的埃及朋友说："还不是。前面才到伊士美利城，那儿是苏伊士运河公司的所在地，等一出城……"

苏伊士运河霍然跳到眼面前。好一条碧蓝碧蓝的河水，不知有多深，风一紧，河心就起波浪，哗啦哗啦，拍着两岸的黄沙。我停下车，立到沙岸的椰枣树下，望着河水，听着水声，恍惚是立在海边上。这也不怪。那水是来自地中海和红海，自然要分得几成海色，借得几声海上的潮音。

河身并不宽。隔岸望着西奈，一片平沙，沙上奔跑着一匹阿拉伯骏马，骑者那飘舞的头巾，颜色都可以辨别清楚。

那位埃及朋友忽然问道："你不是从亚洲来的么？"

我说："是啊。"

他就笑着说："我们可是紧邻。"

我说："邻居倒是邻居，只怕不近。"

他说："怎么不近？"就朝对岸一指说："你瞧，那不是亚洲？"

我的心豁然一亮：原来河这岸是非洲，对岸就是亚洲，近得很啊。这当儿，太阳正从亚洲升起来，照到非洲，于是笼罩着非洲的晓雾散了，遍地描上一层金色，发出闪光。

我不禁赞叹说："真是片美丽的国土啊！"

埃及朋友说："可也有的是创伤，你看不见，都留在我们心头上。"便带着愤恨的声调继续说："你想想，地是埃及的地，过去英国人修上条路，你走路，还得给他付钱。运河是埃及人挖的运河，英国人却不管你流过多少血，耗过多少钱，过去每年三四千万镑净利，独吞进他们的腰包。你住在自己家里，过着自己的生活，英国兵嫌你离兵营太近，也可以逼着你搬家，不搬就要枪杀。不过埃及人是懂得什么叫自由的。在1951到1952年期间，暴动纷纷起来了，袭击英国兵营，反抗英国的统治。死的倒下去，活着的跨上前去继续战斗。……这种种创伤，我们又怎能忘记？"

我听了说："创伤自然不该忘记，不过到今天，这种种创伤也该结了疤，平复起来。"

埃及朋友说："也还有没平复的。"

他指的是塞得港。这个地中海上的大港，在这次战争里毁得也真不轻，特别是地中海沿岸一带。人们知道，塞得港不但是苏伊士运河的大门，还是埃及最漂亮的海滨胜地。沿着平阔的海岸线，堆云叠翠似的，曾经造起无数精致的房屋，专供避暑消夏用的。现时呢，你什么都寻不见，看见的只是一片焦土。海风一卷，还闻得见一股焦煳的泥土气味。

一个叫默哈默德的塞得港青年临时当我们的向导。默哈默德生得高高的，上唇留着撮好看的小胡子。他是当地人，英法侵略军占领塞得港时，他一直领导着一伙青年人进行秘密斗争，所以对当时的情景摸得一清二楚。从他那滔滔不绝的嘴里，我仿佛看见了塞得港人民当时经历的那场严酷的战斗。

默哈默德说："那是1956年11月间，敌人使用约计七百多架飞机狂轰滥炸后，开始空投敌人。好在塞得港的人民早从政府领到各式各样的武器，便和埃及军队配合，消灭空投敌人。起初投下的，既不是英军，也不是法军，却是阿尔及利亚人。敌人强逼着用阿尔及利亚人的生命来消耗我们的力量——你看敌人有多毒辣！毒辣也没用。反复轰炸，反复空投，结果还是失败，塞得港依旧在我们手里。

"有一天，敌机又来轰炸，情况正紧，我们忽然望见地中海上出现许多快艇，朝着海岸冲来。一定是敌人要登陆了。有人赶紧拿望远镜一望，不禁叫起来。艇上挂的全是埃及国旗，原来是援军到了。大家这一乐，迎着快艇跑上去。快艇已经靠岸，人从舱里哗地跳出来，冲着我们就扫射。天哪！谁能料到敌人竟用这种卑鄙的手段侵入塞得港。

"接着敌人便放火。沿着地中海烟火冲天,到晚间,全港一片红光,海天都烧得血红血红的。

"敌人还是不能一下子占领全港。每条街,每座楼房,每家门口,都展开战斗。市中心十字路口有个水池子,一个埃及军官单独在那儿堵住敌人,整整打了六小时。敌人占领全港,也还是不能占领人心。侵略军无缘无故会失踪,一失踪,尸首都寻不见。有时干脆暴动,连十几岁的埃及孩子也敢向敌人投手榴弹。

"敌人开始了血腥的镇压,任意搜捕居民。有一回搜到一个电工家里,发现墙上贴着埃及国旗,英国兵喝道:'撕下它来!'

"电工正跟妻子和三个小孩围着桌子吃埃及饼,听见吆喝,不动声色站起来。

"敌人举起枪顶着电工的胸膛,又喝道:'你撕不撕?不撕就枪毙你!'

"电工转过眼去望望妻子和那几个还不十分懂事的小儿女。他的妻子儿女正用惊恐的眼睛望着他。电工的脸苍白了,举起双手看了看,忽然颤着音大声喊:'我这双手生来不是为的撕毁自己,是为的撕毁你们!'就当着自己亲人的面慢慢倒下去了。"

默哈默德说到这儿,停了停,控制一下感情才继续说:"可是埃及的国旗是撕不掉的。一夜光景,竟贴得满街都是。撕了,第二天又贴出来。敌人一直也查不清究竟是谁贴的。"

其实正是默哈默德本人。他手里弄到十万张纸印的埃及国旗,一到黑夜,便有许多青年人偷偷来取,然后四处去贴,还四处写周恩来的名字。

默哈默德的眼睛直视着远处,带着回忆的神情说:"看见周恩来这三个字,我们心里就分外亮堂,信心也更足。这三个字教人懂得:地球上最好的朋友都在支持我们的斗争。"

当然也支持埃及人民战后的建设事业。看看重建塞得港的场面是十分动人的。沿着地中海岸,默哈默德领我们转到港口的西部,远远一望,大片毁坏的废墟上插满白木柱子,树林子似的,一色是刚刚动手重建的楼房。人手当中,除了工人,还有许多远路而来的埃及学生。材料来得也不近。记得前几天在西沙漠,看见不少人从沙漠里掘石子,又筛沙子,说是为修房子用的。今天到塞得港,我算看见那一火车又一火车的石子究竟卸到哪儿去。

终于来到热闹的港湾。港口里停着军舰、商船。靠岸泊着一溜渔船,船上晒着紫的、黄的、黑的,各色渔网。几个神态悠闲的人理着钓丝,正坐在码头上钓鱼。这里就是苏伊士运河的入口,堵塞河口的沉船大致打捞完毕,今儿刚有一条意大利船通过河口,战后头一回开进运河去。

默哈默德拍着我的肩膀问道:"你知道勒塞普其人么?"

倒是听说过,好像是个法国人。有那么种人,他们把修苏伊士运河的功劳归于他,还替他在河口塑了尊大铜像。默哈默德似乎对勒塞普特别有兴趣,偏要领我们去看铜像。去了一看,光剩个破墩子,勒塞普先生呢,没影子了。

默哈默德说:"这位先生,未免太没趣味了。他开了人几辈子大玩笑,硬说苏伊士运河是他挖的。好吧,我们无非想开他个小玩笑,在他脚底下搁了那么一丁点炸药,他倒好,一下子就恼了,一蹦三尺高,暴跳如雷。"

有个钓鱼的人笑着插嘴说:"看他那一跳,我还当他是个跳水的好手,一纵身可以入海。谁知叭嚓一声,来个狗抢屎——

这不是，还在这里紧自啃木头呢。"

我顺着这人的眼光一看，原来码头旁边系着两条木船，那尊铜像脸朝下，可巧横着跌到船上去。

我就说："到底伏到埃及人民脚下，不得不认罪了。"

回开罗的路上，天已向晚。我们仍旧沿着苏伊士运河走。往西一望：莽莽荡荡一个大湖泊，满是芦苇。从亚洲升起的太阳，已经落到湖上，顺着非洲落下去。半天烧起一片红霞，霞光里飞着几点白鸥。再一望运河对岸的亚洲，早亮起一片灯火。

陪我同来的埃及朋友望着天上出现的星星问："你在中国也能看见同样的星么？"

我回答说："看得见。"

要知道，亲爱的埃及朋友，我们是生活在一个天底下呀。

阿拉伯沙漠里的玫瑰

自从脚踏上埃及的国土，我时常记起唐朝诗人李益的绝句：

回乐峰前沙似雪，
受降城外月如霜。
不知何处吹芦管，
一夜征人尽望乡。

是什么东西触动我想起这首诗的境界？作怪的总是沙。不信请看，那大片大片的沙漠地带，月色一映，白茫茫的，直是那满地霜雪。也有时，天边日落，你远远会望见一群羊，几只骆驼，散放在夕阳影里。牧羊的埃及人头上披着白巾，身上穿着宽大的白袍，对着晚风，呜呜咽咽吹着一种双管的芦管，那凄楚的声调，听了，不由你不怀念起远在千万里外的亲人。

不过沙漠还有神奇的另一面。有一回，我从地中海岸上的亚历山大港坐着车往开罗去，半路打开窗，一阵凉风扑到脸上：奇怪，好香啊。接着就看见前面路边上有两三个小姑娘，捧着大把的花，黄的、紫的、粉的，叫都叫不上名，拦着车叫卖。我望望车外，满眼都是荒沙，难得看见点绿颜色，从哪儿来的花呢？

是不是沙漠深处还藏着什么秘密，这是值得探一探的。

我就去探过一次。从开罗往西北走，一直走进西沙漠去。乍离开人烟繁华的都市，更感到沙漠的荒凉。有时候会发现几丛沙草，说灰不灰，说绿不绿的，模样儿挺憔悴。生物还是有的。有兔子，还有一种十分灵巧的小鸟，颜色像沙，跑得飞快，只是不知道它能从沙漠里搜寻到什么吃的。

渐渐地，沙漠变得有点异样：四处显出斑斑点点的绿色，路两旁还栽着两溜树秧子，两三尺高，据说枝叶熬成药水，蚊子最怕，我们就叫它蚊子树。这当儿，车子在拐弯，迎面出现一块大木牌子，是蓝色，上面从右到左横写着阿拉伯文字："沙漠中的天堂"。

进了"天堂"，四周围的绿色更浓，生机也更旺了。忽然间，眼前出现一个新奇的地方：有干净明亮的房屋，清澈的水池，丝绒一样的草地，还有盛开着洋海棠的花圃。

原来我已经来到埃及有名的"解放省"，这是"首府"。公共关系部的经理把客人迎进他的办公室去。这个人叫罗持德，三十岁左右，上唇留着怪俏皮的小胡子，说起话来也挺俏皮。大概从亚洲来的客人叫他格外高兴，他像冷似的，对搓着双手说："怎么样，朋友，还喜欢沙漠么？"

我说："这种沙漠我倒喜欢。"

罗持德笑起来说："要知道，朋友，这种沙漠是从野蛮的敌人手里夺来的呀。"就指给我看桌上陈列的一块兽骨化石，接着又说："这是古代的猛犸，从这一带掘出来的，千万年前，该是沙漠王了。你如果在三年以前来到这里,你能看见的也无非是骆驼蹄子印,而今天……"

在沙漠里称王的却是人了。说起来历史还短得很,不过是1954年6月,因为埃及的沙漠太多,人丁兴旺,才对沙漠发动了攻势。罗持德一开始就参加到这支征服沙漠的大军里来。他本来是律师,生活富裕,却宁愿来跟风沙烈日就伴。

罗持德笑着说:"我爱沙漠,爱得要发疯啊!离开她,我一天也活不下去。"

我笑着说:"你这话,可别让你妻子听见,她要吃醋的。"

罗持德把小胡子一撅说:"她还吃醋?我不吃她的醋就是好的。告诉你实话吧,从来那天,我就跟沙漠结了婚,把整个肉体和灵魂都交给她,谁知她后来竟又跟尼罗河结了婚。"说着,自己也笑起来,又道:"我们往常总是说尼罗河是埃及的恩人,给我们鱼、米、野鹅……谁也料想不到,一旦沙漠跟尼罗河结了婚,沙漠会给我们生育出什么东西来。"

罗持德就领我去看沙漠的生产。这一带的方位大约在开罗到亚历山大港的半路上,东边靠着尼罗河三角洲。一条叫"解放运河"的大水从尼罗河引进干旱的沙漠,于是沙漠便怀胎受孕,开始繁殖起来。

看啊!那春麦,那蚕豆,那蓝靛,……一大片一大片的,叫白沙一衬,绿得更加动人。那芒果,那橘子,那橙子,林林葱葱的,尽管还不到开花结果的年纪,却已经让人想象到那累累满树的金色的果实。还有那金盆一样的向日葵,枝叶像笼着碧纱一样的树木,以及各色各样叫不上名儿的植物。我看了不觉在心里嘲笑自己说:"你还总以为沙漠是不毛之地呢。"

我想得还要多。我们不是有两句巧语儿么:"骆驼钻不过针眼去，沙漠上盖不起高楼大厦来。"人家就在沙漠上盖起楼来。不信请看那水泥管厂、缝纫厂、橡胶厂，还有发电厂、冰厂、罐头厂、拖拉机站……盖好的，没盖好的，远近都是。

罗持德告诉我说，这里已经建造起几个崭新的村庄，将来要发展到几百个，而那些工业区，就是明天的城市。

人呢，从四面八方拥来，都是年轻力壮的，抱着一个热烈的愿望。举富爱德为例吧。她对我说："我从大学毕业后，本来在开罗一家幼儿园做事。我丈夫是个医生。我们不喜欢留在开罗，情愿到这儿来。我们在这儿很幸福。因为我们懂得自己是在为未来贡献力量。"

富爱德是个很精明的妇女，穿着白毛衫，灰裙子，眉目间透着严肃，又透着温柔。是她领着我去参观一个新建的村庄。我问她道："你能看见你说的那个未来么？"富爱德淡淡一笑，没说什么。这时正是中午，许多人聚集在村子当中一座清真寺里，有坐的，有跪的，一面唱着可兰经，一面朝着东方礼拜。

富爱德悄悄说："他们正祈祷和平呢。"便领我走进一间展览室，里边摆着"解放省"各种成就的图片。她的眼睛含着梦一样的神情，望着迎面墙上贴的一幅画儿说："你看得见么？这就是我们的理想，我们的未来。"

画儿上画着一个农民，从破烂的小土屋走出来，举起两手望着天空。天上是一片云雾，云端里现出一位天使，身上披着黄、蓝、绿三色的轻纱，缥缥缈缈的，神态很美。

富爱德指着画说："这是理想，又是现实。十五年后你再来，你会看见我们的农民走出贫困，迈进沙漠中的天堂：黄的是沙，蓝的是水，绿的是一望无边的田地——有多美呀。"

而且埃及人懂得该怎样创造美。就当我在沙漠里四处参观的时候，我忽然闻到一阵花香，又浓又甜。我跳下车，不觉惊地叫起来。请想想，就在荒沙窝里，竟而出现一片绝色的玫瑰，岂不是奇迹！花色也多，有白的，有红的，有粉的，有紫的，鲜艳极了。花朵又大，盛开的，半开的，千朵万朵，把花枝都压得弯下腰去。

花丛里，两个年青的花匠正在从从容容修剪枝叶。

我兴奋地走上去，连声说："漂亮啊！真漂亮啊！"

当中有个花匠叫阿提雅。他挺含蓄地一笑，剪下两枝紫色的玫瑰递给我。我把花插到衣襟上，大声说："我一定把这两枝花带回北京去，让中国朋友都看看——沙漠里的玫瑰。"

阿提雅望着我微笑，慢条斯理说："撒莱穆、昂、立鹄！"

一位埃及朋友译道："他说：愿你平安！"

我便照着埃及的习俗，对阿提雅扬起右手说："谢谢你，愿你的玫瑰能开遍沙漠。"

罗持德按按小胡子，从一旁笑道："不用慌，朋友，这样人有本领能把沙漠里的每粒沙子都变成金子。"

这倒不完全是笑谈。富爱德领我参观的那个村庄叫"欧马尔·沙欣"。这是埃及一位青年学生的名字。1952年，埃及人民为着自己民族的独立自由，沿着整个苏伊士运河爆发起反英斗争，这个青年就是在斗争中献出自己的生命。沙漠上的人绝不肯玷辱这样一个高贵的名字。"欧马尔·沙欣"那种清醒的斗争意志，勇敢的献身精神，处处都还活着——活在罗持德身上，富爱德身上，也活在年青的花匠身上。

我把那两枝玫瑰花一直带回北京，摆到我的案头上。花干了，可是更硬挺，永远也不会谢。记得临离开埃及时，有位朋友曾经问我："你对埃及的印象如何？"我回答说："沙漠里的玫瑰。"于是我们两人都笑了。现在写着这篇文章,我望着那两枝花,我不能不怀念起远在阿拉伯沙漠里的朋友。

"愿你平安!"

阿拉伯的夜

来到埃及不久,我读到一首不知什么人写的诗,题名:"我的弟兄在东方",里面有这样几句:

> 我的东方的弟兄啊!
> 今天,整个埃及在保卫着运河
> 从运河可以航行到你的故乡……

读着这首诗,字里行间,总像有根弯起来的食指,轻轻敲着我的心。

埃及的文字完全是另一样,从右到左横写。甚至于数目字,也并不像我们通常用的阿拉伯码子。可是,我遇见的每个埃及作家,即使彼此默默无言,一见面也可以找到一种脉脉相通的共同的语言。

有一天晚上,我跟几位朋友坐在开罗大陆旅馆楼下的客厅里,有一个人走上来,微笑着跟大家依次握手,然后坐到桌子前,也不多说什么。这晚间正跟埃及一位短篇小说家有约会,我猜想这一定是他。

小说家看起来有四五十岁，秃顶、背略略有点弯，笑眯眯地坐了一会儿，接着轻轻说："我们走吧。"就领我们到他家去。

他的家在一座公寓的五层楼上。一按铃，一个五岁左右的小女孩打开门，看见生客，跑着躲起来。房间是一套，书房客厅等，应有尽有，布置得整洁而朴素。

同去的一位日本记者问道："这座楼有多少层？"

小说家茫然微笑说："我不知道。"

日本记者又问："你刚搬来么？"

小说家说："有几年了。"

不一会儿，陆陆续续又来了好几位埃及朋友，里边有一个是批评家。

那批评家紧挨着我坐下说："我们实在渴望着多知道点中国文学的情形，可惜翻译过来的作品太少了。"

虽然少，却有着很好的开端。就在昨儿黑间，我会见一位伊拉克作家，叫哈易卜，长期住在埃及，现时是开罗大学的研究员。他送给我两本书，其中一本是他用阿拉伯文译的鲁迅的小说，有《孔乙己》《故乡》《幸福的家庭》等好几篇，封面是鲁迅的木刻像。

哈易卜很谦虚地说："这是特为纪念鲁迅逝世二十周年时在开罗印的，恐怕是用阿拉伯文出版的第一本鲁迅的书吧。"

我请批评家介绍点埃及作品，中国好翻译。批评家把嘴巴朝小说家一翘说："我建议你们译点他的作品。"

那小说家是受欢迎的埃及作家之一，描写的多半是农民。我极想知道点他的生活。小说家见我一问，惶惶惑惑说："这该怎么谈呢？……我看，这得我的朋友批评家才能谈清楚。"望见那批评家正跟另外的客人谈得热闹,小说家便用手摸着头说:"我是1920年生在塞得港附近的农村里……"

我愣了愣,不觉望着他那头发脱落的秃顶。

小说家笑笑说:"我看起来比我的年纪要老吧?这是个很长很长的悲惨的故事啊……"

接下去,他告诉我说他出生在一个非常贫苦的农民家里,很小就死了父亲,自己也奇怪,怎么能活着长大成人。到十八岁上,他飘流到开罗。干干这个,干干那个,受尽人间的苦楚。书报是他最喜欢看的,也喜欢学着写点什么。渐渐地,他从报上懂得了世界大事,懂得了自己民族所处的命运。不能坐着任人宰割啊!应该斗争。他投身进民族解放斗争中,反对前法鲁克王,反对英帝国主义的统治。他已经学会拿起笔当做斗争的武器……

开门的那个小女孩胆子大起来,悄悄靠到她父亲身旁。小说家玩弄着女儿头上系的红绳说:"她叫'斗争',因为生她的时候,我正坐监狱。"接着又拍拍女儿的头说:"你父亲小时候,有一回叫另一个孩子拿石头打了脑袋,哭着回家去。你祖父正枕着一只胳臂睡午觉,坐起来打了我一巴掌说:'你不打他,别回家来。'我就出去打了那孩子,又回屋来。那孩子的父亲在外边嚷:'你儿子打人啦!'你祖父应声说:'知道了,'却望着我笑道,'现在你是我的儿子了。'这一课我终生终世都不会忘记:不要打人,但是有人打你,你一定要反击他。"

那批评家冷冷静静摸着下巴说:"这就是生活给埃及作家的教育。每个进步的埃及作家都永远与人民共命运,共斗争。"

深夜,我们从小说家的家里出来时,路灯影里,一只蜜蜂嘤嘤叫着碰到我脸上。也许是采花误了时间,回来得才这样迟。我想起参观"解放省"时，看见沙漠里有蜂房，大群的蜜蜂围着飞舞。这些可敬的埃及作家，正是在艰难里酿造着蜜一样的生活啊。

夜风里带着非洲的二月特有的温暖气息。日本朋友赞叹说："多迷人啊，阿拉伯的夜！"

这使我回想起遥远遥远的少年时代的生活。为着贪读那本中国译做《天方夜谭》的《阿拉伯的夜》，我曾经有多少夜晚，拥被挑灯，一直读到鸡叫。于是我觉得，现在翻开在我眼前的正是一部崭新的《阿拉伯的夜》，处处都充满动人心魄的故事。让我好好读一读吧。

春雷一声

夜航机正往东飞。我睡得蒙蒙眬眬的,睁眼一看,东方天边烘出一片橙黄色的霞光:太阳正往上升。有人指着说:"霞光那里就是伊拉克了。"

飞机掠过古色古香的美索不达米亚平原,冲着彩霞慢慢落,转眼落到巴格达机场上。

正是清晨五点钟,巴格达刚好闪着一片柔和的朝阳。要在别处,五点不一定有什么特殊意思,但在伊拉克人民的革命史上,这却是个富有戏剧性的钟点。不妨让我们倒拨时针,暂且退回去几天……

1958年7月13日半夜,在巴格达市外一座蹩脚的皇宫里,伊拉王储醒过来,扭亮床头的台灯看看表,将近三点。到五点,他将要陪着国王费萨尔,带上内阁首相努里·赛义德,一起转道飞往土耳其的伊斯坦布尔,跟别的巴格达条约穆斯林成员国会合,开个会,然后就要派兵到黎巴嫩去,援救夏蒙。现在离五点还早呢,他尽可以舒舒服服多睡一会儿,到时候总有人来叫醒他。他可以清清凉凉洗个冷水澡,浑身上下洒满法国香水，然后再去执行美英主子的计谋。伊拉闭上眼，才想再睡，忽然有人重重地敲门。这时候，皇宫外头响了枪，革命像一声春雷似的劈头盖顶压上来了。

伊拉跳下床，胡乱穿上衣服，冲到皇宫的卫队一起，抓起一挺枪领着头抵挡。卫队看看抵挡不住，纷纷投降，丢下伊拉一个人，还穷凶极恶地挣扎了一阵，才跟那个年轻无用的费萨尔国王一道冲出宫门，企图逃走。刚跑到宫门前不远一棵"哈木柏"树下，围在四周的革命军队一齐射击，几个"皇室贵人"便都死在树下了。到早晨五点钟，革命的军民已经连根掀翻腐烂的王朝，整个巴格达淹没在震动天地的欢呼声里。可笑巴格达条约其他成员国的首脑还在伊斯坦布尔痴等，足足等了两小时，巴格达方面再也没有人来参加巴格达条约会议了。

我到巴格达后，最先去看的便是这座皇宫。一个漂亮精悍的伊拉克士兵指着那棵"哈木柏"树笑道："这可是个危险地方啊。"树干上满是弹痕，满树结着鲜艳的小红豆，树凉影里已经摆上一个小摊，专卖柠檬水给来往参观的人喝。

皇宫内部早已破坏不堪。顶惹人注意的是伊拉的内室。这里有个保险柜，就是从这个柜里搜出那些见不得人的巴格达条约密件，当中有几份已经在报纸上发表，清清楚楚暴露出美帝国主义破坏阿拉伯国家的毒辣阴谋。伊拉是个将近五十岁的人，行动都得年轻的女人扶着，还跟国王费萨尔搅在一起，把许多妓女藏到宫里，拍了些下流到极点的影片。伊拉克朋友都说伊拉不像男人，更像女人，每天不知要往身上洒多少香水，到今天还可以在他的内室里闻到一股荒淫的邪味。

我也去看了看努里·赛义德的住处。这个帝国主义豢养的奴才长期迫害着伊拉克人民，倡议结成巴格达条约，死心塌地地替他的主子效劳。赛义德的住处紧临底格里斯河，内室装了一个秘密电话，直通英国大使馆，随时可以接受主子的命令。革命爆发那一晚间，赛义德首先从无线电里听到革命的呼声，急得拿起秘密电话，谁知线割断了，便丢下电话，丧魂失魄地逃出后门，坐上条小船逃过河去。革命军队扑上来时，晚了，赛义德早逃得无影无踪。

革命政府当时悬赏一万伊拉克第纳尔，鼓励人民搜捕赛义德。十五号过午，忽然有个十九岁的青年跑来报信说："赛义德就躲在我们家里，还带着枪，我们不能动手。"一个上校和一个少校立刻带着人亲自去捉赛义德。

那个少校叫沙塔，是"自由军官"组织里的人，长得身量高大，两条眉毛又重又黑，连到一起，上唇留着一把刷子也似的黑胡子。我们来到巴格达的当天晚上，有人曾经特意向我们介绍沙塔说："就是这个少校亲手处置赛义德的。"过不几天的一个深夜，沙塔少校亲自到巴格达旅馆来看我们，我就请他谈谈捉赛义德的故事。

少校点起支烟抽着，眼睛直望着我，沉思一会儿，口气简洁地说："我们接到任务后，带着十个士兵，坐上两部吉普车，跟着那个青年去到他家里。青年是个普普通通的学生，家在巴格达东部，离美国大使馆不远。到他家一搜，扑了个空，原来赛义德早在十分钟前躲到别处去了。我们又转往别处搜，还是搜不着，又往回走，就见许多人挤在街上，争着告诉我们说：'赛义德装扮成女人跑了。'我往前一看，果然有个女人头上身上披着黑纱，正在飞跑。这是赛义德么？不是他是谁。这只老狼一手拿着一支手枪，像美国电影上的牧童，看着我们追上来，乱打起枪来。我们就还击，几枪就把赛义德打倒，结束了这个奸贼的罪恶的生命。"

我忍不住问道:"你看他想往哪里跑?"

沙塔少校嘴角上挂着个嘲弄的微笑说:"伊拉克人民早撒下天罗地网,他又能往哪里跑呢?那晚上他从家里逃出来,先藏到一个跟他有肮脏关系的女人家里,藏不住,就化装成女人,来到这一带。这一带有美国大使馆,可惜周围布满军警,不容易进去。这老狗就藏藏掩掩的,四处瞎撞。到最后,他跑的方向恰恰是冲着美国大使馆,他死的地方离美国大使馆只有三百码远,你说他究竟要往哪里跑呢?"

我又问道:"你知不知道那个报信的青年的姓名?"

少校说:"可惜我忘记问,反正是个伊拉克人就是了。我刚才不是告诉你么,政府曾经悬赏一万第纳尔,捉拿赛义德,这笔钱自然应该奖给那个青年——你猜他呢?"

我说:"他当然高兴。"

少校带着叹息的声调说:"不,他拒绝了。他说这是他应尽的义务。"

我不禁大声赞叹道:"多好的人民啊!"

沙塔少校意味深长地结束他的话说:"努里·赛义德对人民所犯的滔天大罪,拔完他全身的汗毛,也数不清他的罪恶;碎尸万段,也抵偿不过来。这个卖国贼生前曾经说:'杀我的人还没生下来呢。'结果呢?"

结果,人民却终于给了他应得的惩罚。

巴格达即景

底格里斯河滚滚滔滔，流过美索不达米亚平原，不知经过多少千万年，到八世纪中叶，一颗闪光的珍珠从历史的浪花里淘出来，镶到大河的当腰。这就是巴格达城。

巴格达曾经有过耀眼铮光的时代。我们从《天方夜谭》里熟悉的国王拉施德便是那个时代的中心人物之一，到今天这个人还躺在巴格达近郊，还有条街用拉施德命名。但这早已是供人凭吊的往事。巴格达也曾有过暗无天日的时代。仅仅在一个多月以前，这里还有数不尽的痛苦、眼泪，也有前仆后继的斗争。在那座出名的巴格达监狱里，曾经囚禁着多少争自由的斗士啊！一位律师告诉我说："其实当时整个伊拉克就是座大监狱，谁又能畅畅快快喘一口气？"

现在呢，天明日出，巴格达监狱的门打开了，自由的斗士走出来，关进去的是那些旧王朝的部长大人们。一位"大人"说："我又没罪，为什么关起我来？"看狱的士兵说："你没罪，只管请出，坐在这里做什么？"便往外赶，但怎么赶都赶不走。又有一位"大人"抱怨监狱太热，士兵说："你嫌热，就回家去。你家里现成的冷气,有多舒服。"可是这些大人先生们宁肯蹲在狱里受点"委屈",也不敢走出监狱一步。他们没有胆子去面对人民。

人民正在狂热地庆祝伊拉克的新生,到处是欢笑,到处是歌唱。几年前曾经庆祝过巴格达条约的巴格达旅馆,现在却在庆祝亚非人民的团结。冷清清的地方倒也有。一次我走过美国大使馆,发觉岗哨森严,大门口里有几只狗在咬架。又走过英国大使馆,只见馆门虚掩着,门前原有尊铜像,是1918年侵略伊拉克的一个叫什么摩尔将军的,现在早已掀倒,不见影了。革命爆发时,英国绅士们着慌地烧掉不大体面的文件,手忙脚乱,把使馆也烧了,现在只得搬到旅馆去住。即便在这种荒凉冷落的地方,你也能从广播里听到人民的欢呼。

巴格达正当酷暑,大气好像在燃烧,风吹到脸上,也烤人。人民的心却比太阳还要热。市中心有个最繁华的广场,早先叫"阿利亚皇子",现在改叫"解放"。有一天黄昏我打那儿过,看见广场上人山人海,大家一边拍着手,一边喊:"自由!幸福!快乐!"一边狂热地跳着。妇女们从头到脚披着黑纱,本来连门都不许出,有的卷进人圈子,把黑纱往地面一抛,也跳起来。

不止巴格达人这样热烈。哪一天没有从别的城市远道而来的卡车,赶到京城来祝贺?车上总是挤满人,不停地拍着手喊。

人民也在用全力来保卫革命。不信且去看看巴格达近郊的农民。太阳偏西,暑热略略消退,我们坐车往图维特村去。一路只见土地肥厚,刚收大麦。伊拉克有三宝,就是石油、椰枣和大麦。大麦是伊拉克最重要的农产品,可以酿造啤酒。只是为什么荒地这样多?一片一片的,长满野草。陪我们去的一位农业部的朋友说:"我们有地,也有水,过去却让水冲了地,变成荒田，岂不可惜！现在就要把荒地分配给农民耕种了。"

图维特全村的土地归一个地主所有。农民都是佃户，住在潮湿的小土屋里，夏天太热，便把破破烂烂的床铺锅灶等搬到小屋旁边的树荫凉里，露天过日子。谈起革命前的生活，一个叫阿里的中年农民叹气说："活不下去呀！年年欠地主的债，当牛当驴，也还不清。地主叫我们从早六点干到晚六点，不干就要把我们踢出去。"

我问道："现在还敢这样么？"

阿里说："现在就是不听他摆布，看他怎样。"

谈起革命，四围的农民都活跃起来，争着举起右手，眼望着天说："暴政已去，我们愿意为革命献出一切。"

这时有个叫哈爹的老人用拐杖拨着人挤进人堆里。他的胡子灰白，戴着白底黑方格的阿拉伯头巾，穿着件不红不紫的长袍子，嘴里喘吁吁的，模样儿是走了段长路。见了客人，哈爹用右手抚胸，头微微一低，又举起手拍着头顶，眼里闪着泪花大声说："我要把我的儿子送到军队去，保卫革命。偏偏巴格达人太多，登记不上，明天我要把儿子送到别处去。"

旁边有人插言说："我有三个儿子，都在军队干革命。"

哈爹声调激昂说："不嫌我老，我也要当志愿军去，要是死了，就到地狱去。"最后两句是伊拉克人惯用的俏皮话，听得人不禁笑起来。有人指责说，要是都当兵去，没人种庄稼，怎么建设国家？哈爹便说："好，我就蹲在老窝里种庄稼。"

伊拉克人很懂得革命后建设的重要。有个库尔德族青年对我说："罗马不是一天建成的，但是有个开始。"今天，可以说伊拉克已经有了这个"开始"。你站在巴格达旅馆高高的层顶上，望得见远处水泥工厂等一排排的烟囱，冒着黑烟。天一晚，还望得见天边上闪着红光，这是"岛拉"炼油厂的火光。这个炼油厂是伊拉克政府的，我曾经参观过一次。领我参观的是个年青的伊拉克工程师，能干而诚恳，对我说："这是我们国家的心脏啊，革命以来，一天也没停工，一停工，全国都要瘫痪了。"参观到最后，那个工程师带我爬上水塔的高头。放眼一看规模巨大的炼油厂，我不禁说："你们国家富得很啊！"

工程师听了，十分动情地说："石油是我们的黑金，也是我们的血液，富是很富，可是从前都流到帝国主义嘴里去。我们不但得不到什么，反而叫人家吸得皮黄骨瘦。我不过是个平平常常的工程师，有一点我深信不疑：黑金将来必然会使我们变富，不会使我们变穷。"

我记起前几天去看一个古波斯王遗留下来的穹窿形大建筑，路上远远望见有座钢架子，似乎正在钻新油井。一问，那个工程师笑着说："不错，是钻新油井，将来还要多钻呢。都知道我们有条底格里斯河，还有条幼发拉底河，却不知道我们地底下还有条石油河，比这两条河大得多呢。"说着，他把眼睛转到远处滚滚滔滔的底格里斯河。从他那深远的眼神里，我看见一个伊拉克人的深远的生活理想。

献给中国的诗

1955年10月1日,伊拉克还处在雨横风狂的暗夜里,这时在荒沙野漠的一座监狱里,有个人倚着铁窗,借着星光,偷偷写着一首诗,献给遥远遥远的中国。他从来也没到过中国,却把中国当做完美的理想,醒着睡着,都在梦想着。诗写好后,他悄悄念了几遍,又怕人看见,便藏在监狱最黑暗的角落里。可是啊,难道监狱能封锁住一个人的灵魂么?

终于来了1958年7月的革命。革命后不久,我到巴格达去。有一天晚上,一位叫沙泰的律师请我去吃"莫丝古"。原说是小小的野餐,不想来了许多人,聚集在底格里斯河边的一座椰枣园里,有纺织工人,有妇女,有学生,还有第一个把毛主席的著作《论联合政府》等译成阿拉伯文的教授。不少人新从狱里出来,脸色兴奋得发红,争着说他们对中国的梦想,对中国的爱。接着便吃"莫丝古"。这是种风味十足的特菜,把新从河里捉到的"科丹"鱼剖成两半,烤好,整条整条端到桌子上。大家便站在四围动手抓着吃。椰枣正在大熟,有人上树摘下几挂来,一尝,甜得很,怪不得又叫伊拉克巧克力。我询问烤鱼的方法，沙泰领我走出园子，一看，河岸上插着些棍子，上头挂着劈开的鲜鱼。一个老人蹲在上风头，点着椰枣树的大叶子，正在慢慢熏烤。

沙泰问我道："你喜欢今晚上的聚会么？"

我说："简直像一首诗。"

沙泰笑道："是一首献给中国的诗。"

沙泰是个十分热情的朋友，后来又领我到律师俱乐部去。好些人露天坐在青草地上，喝着芒果汁等歇凉。有人向沙泰打招呼，沙泰带我走近一张桌子，介绍给我许多朋友，最后指着一个老人说："认识认识吧，这是我们一位很著名的诗人。"

老诗人叫巴海尔·乌龙，胡子点满清霜，脸色有些憔悴，也透着严峻，模样儿将近六十岁。他紧紧握住我的手，默默地直盯着我，眼睛闪着火一般的热情。

沙泰又对我说："他不但是位诗人，还是个战士呢。前后坐了三十一年牢，不久以前才放出来。"

我一听，从心里尊重这样一位诗人，自然想知道他的历史。巴海尔·乌龙却是个深沉寡言的人，你问一句，他顶多答两三句，答完话，便用火热的眼睛直望着我，笑都不笑。倒是另外几位朋友带着赞美的口气，谈了谈他的身世。原来乌龙是伊拉克南部纳吉耶堡人，从1920年起，看见内外敌人那种残暴骄横，人民所受的磨难痛苦，他那颗纯钢的心便铮铮响起来。诗人虔诚地相信宗教，可不相信命运，他要把命运掌握在自己手心里。于是他写诗抨击当时的反动政治，投身到斗争里去，因而一再被捕，一再坐牢。牢狱的生活是苦的，但是对于一颗纯钢的心，牢狱又是炼狱，倒能把心烧炼得更加纯正，更加刚强。他的一生充满风险，整整有三十一年在监狱里，从来都不低头。可是，三十一年并不是很短的日子啊。在这漫漫的岁月里，他的头发白了，人也老了，青春悄悄地消逝了。有时想起自己的妻子，自己的儿女，心里便会暗暗叫道："亲爱的啊！难道我不爱你们么？我更爱的却是自由。"他就为自由而献出自己的青春，直到革命胜利的这一天。

旁人在谈论他时，乌龙只是挺严肃地坐着，不动声色。忽然不知从哪里摸出一只小小的白银飞鸽，塞给我说："请拿着吧，我终生都不会忘记这一刻。"又像叹息似的加上一句："到底看见了中国人啊。"

我更想得到的却是他的诗。诗人手边没有，便约好明天再见。第二天，由一位工人领袖陪着他，我们在一个律师的事务所里又见了面。他交给我一沓诗稿，头一页上写着个触眼的标题："中国"。

乌龙低声说："这就是我两三年前在狱里写的，特意献给中国的诗。"

也正是这首诗，曾经藏在监狱最黑暗的角落里，不见天日，窒闷得发不出声。而今天，作为一个中国人，我竟而有幸第一个读到它。每个字都是一团火焰，每个句子都燃烧着火焰般的感情。应该让全中国人民都听听诗人的声音吧。请看，这是多么热烈的句子：

　　　　……曾经一时可怜不幸的中国，而今竟成为中国
　　　　人民美好的家园。劳动人民的脸，好似太阳，
　　　　但这太阳却永不落山……
　　那种生活，能使将死的老人像青年一样起而歌舞；
　　那种欢乐，能挟着青春与爱情而飞舞，使玫瑰花

一般的人儿鼓舞欢呼。

再请看，这又是多么纯真的感情：

> 毛泽东的祖国啊！请接受我们景仰而钦佩的敬礼吧！
> 骑着相思的神鹰，飞渡沙漠，来到你的面前，用字母把我们心头上的爱慕和友谊编织出来……

我读着这首诗，十分新鲜，可又觉得好像从前早就读过。不错，我是读过。当这首诗还压在监狱的石头底下，我就从伊拉克革命人民发出的喊声里，读到过它。昨儿夜晚，当我站在椰枣树下吃"莫丝古"前，从各色人物的谈话中，我不是又读过它？这是诗人的声音，也是整个伊拉克人民的声音。从诗里，看得出诗人知道许多中国的情况。那时候敌人的统治极严，诗人又在牢狱里，从哪儿听到这样多消息呢？

陪着乌龙同来的那位工人领袖笑道："真理就像空气。监牢的门挡不住空气，就不能阻止从中国来的真理传进监牢里去。我跟巴海尔·乌龙一起坐过牢，当时我们最爱唱的是这样几句歌：

> 中国就是我们的启示
> 向她的儿子学习
> 沿着她的脚踪迈步

一唱，生活就现出光明，信仰就更坚定。"

我接着他的话说:"老诗人也就写出那样朝气勃勃的诗句。"
那位工人领袖笑着问道:"你看老诗人究竟有多大年纪?"
我顾到礼貌,故意少说:"该有五十多岁吧?"
对方笑起来说:"难道不像六十岁么?其实他才四十九呢。"
巴海尔·乌龙这时微微一笑说:"你也错了,朋友。其实我才生下来,像革命一样年青呢。"

我的改造

与工农兵结合这事,说难也难,说容易也容易,基本的关键在于自己的决心。这些创造世界的人民大众并不是虚无缥缈的神仙,高不可攀,倒是顶容易接近的。可是作为一个知识分子的我,这些年转弯抹角的,直到现在还是个半瓶子醋,一瓶子不满,半瓶子晃荡,归根到底还是自己的毛病。

抗日战争初期,我在华北敌人后方乱串了几年,长年在农村里,在部队里,表面上跟战士、农民混在一起,好像"深入群众"了,骨子里却像一滴油滴到人民的大海里,总漂在浮面上,油光光的有点刺眼。当时有位同志开我的玩笑说:"你怎么滚来滚去,还是个绅士派头?"

是不是我的外貌影响了我接近群众?有一点,但不全是。真正的要害却在于我的思想。我嘴里不说,心里多少有点自大,有意无意地夸大了文艺的功能,以为这是属于高贵的思想领域的工作,不同凡响。自己搞文艺,自然也就不同凡响了。于是表现在外面的言语举动不自觉地带着一种优越感。群众对你望而生畏,你怎能接近他们呢?

但也正是敌后那几年，事实教训了我。是谁在火线上冲锋陷阵，拿性命来保卫灾难的祖国？穿了军装的农民！是谁在后方一把汗一把力地生产，支援前线？还是农民！我做了些什么呢？手不能提，肩不能挑，打起仗来，倒变成个累赘，要人家来照顾我。摇摇笔杆子写点东西，比起人民创造历史的伟大斗争，渺小得连肉眼都看不见，有什么值得夸耀的？人民对你却又那么热情。我永远记得 1940 年夏天一个雷雨交加的黑夜，我跟着一支小队伍过一条敌人封锁的河流。四外岗楼的探照灯闪来闪去，敌情很严重。战士们搀着我的手，领我走过临时搭成的木桥。岗楼的机枪一响，赶紧把我扶上马，由几个战士保护着我先突出去，他们大部分人却留在后边，掩护着我走远了，然后才赶上来。这种同志之间的友爱，为了你，毫不计较自己的生死安全，铁石心肠的人也要受到感动。

我认识了人民的伟大，要替他们服务。找他们谈，写他们的事迹。但我却作为一个旁观者来谈来写。我不是他们当中的一个，不了解他们的思想感情，更无从体味到他们的欢乐和痛苦。我胡乱写了些东西，可笑啊，大半是概念的，缺乏生活，没有感情，我在笔下侮辱了我所尊敬的人民。

日寇投降后，我到了察哈尔宣化的龙烟铁矿去。第一次真正接近了人民。我去，是为了工作，也为了锻炼自己，改造自己。我从思想上认识了自己的毛病，决心要"放下臭架子，甘当小学生"。我的作风还是那么"文绉绉"的，但是思想一变，态度变了。说来也怪，工人们居然不嫌弃我，有些跟我都变成了好朋友。我在矿山上帮着做点事，常到他们采矿的活地去，黑夜到他们大工房或是家族房子去，谈天说地，有时一块喝上几盅，彼此毫不见外。他们知道我是写东西的，有时开玩笑叫我是师爷。这倒更好，他们就有计划地帮助我了解日寇统治时期矿山的情形。他们谈自己过去所受的痛苦，我听着听着，仿佛自己亲身遭受的一样，也感到痛苦。过去我跟他们老像隔着一层皮，现在为什么能够感染到他们的感情呢？说起来也平常。我的生活、工作，已经开始跟他们连结一起，觉得他们像自己的亲人一样。你听到自己亲人的遭际，你会不动心么？他们把心打开了，让我走进最深的底层去。但我，细细地检查自己一下，却又不能像他们那样赤裸裸的，竟怀着一种自己也不易觉察的目的性，想从他们身上得到点什么东西，好写作品。我明白我还未能忘了自己，改造得还不到家。

后来，我在矿山上动笔写《红石山》这部小说。我初步地接触了生活，熟习了人物，感染到他们的思想感情，一拿起笔，许多形象就在我眼前乱跳，自然而然跳到一起。最困难的倒是语言。我能听懂工人的每一句话，我为他们的富有形象色彩的语言所绝倒，但我不会那样说，叫我照样学说一遍，也会结结巴巴的，说走了样。有时一边听他们说话，一边心里记，一转眼可又忘了，说不出了。因为语言是从生活里来的，丰富的生活产生了丰富的语言，我一下子如何容易办得到？有些工人特别热情地帮助我组织故事，配备人物，甚而纠正我的语言。前后几个月，我好歹完成了这部小说的初稿，而这部小说正是我这一段工作的最准确的鉴定。由于我与工人的结合还不到家，小说里就存在了许多缺点。

这几年解放战争中，我大半在部队里。有的同志见了我笑道："你怎么还是这样斯文？"但是只要你能在共同的事物上，与人民激起共同的反应，这就是思想感情先接近了，作风倒是其次的问题。现在我正动笔写一部军事小说，新的苦恼又缠绕了我。写《红石山》时，就在工人当中写，随时都得到他们的支持，他们的帮助。现时，部队离我远远的，拿起笔来，我竟觉得这样的信心不足。力量是从群众当中来的，离开群众，我是多么渺小，多么的孤单，啊！人民改造了我（虽然改造得还很不够），我知道我是永远离不开他们了。

写作自白

一

我所谈的也许可以算做我写《三千里江山》的一点经验，但我更愿说出我对我们人民的认识。这部小说的基本主题思想是想表现志愿军对祖国、对人民、对和平的热爱，也就是我们常说的国际主义和爱国主义的精神。我们谁都熟悉国际主义和爱国主义这八个字，这八个字是有着非常丰富的内容的。老实说，我不是一下子就体会到的。我是在比较长期的经历中，和志愿军走在一条共同的道路上，他们的行动给了我教育，也鼓起我一种愿望，想要写他们那种高贵的思想品质。直到今天，一闭眼，我不能不想起1950年冬天的情景。那时候在朝鲜战场上，漫天风雪，遍地烽火。我们的人民离开祖国，离开家乡，迎着风雪，迎着烽火，走上战场。那是怎样艰苦的战斗啊！一天晚间，记得在汉城的路上，我见到一个战士，脚冻肿了，连鞋都穿不上，他把鞋脱掉，用棉花和布包着脚，一拐一拐跟着走。指挥员劝他回去，他还说："我的脚后跟长在后面，也不是长在前面，我只知道往前走，我不知道往后退。"类似这种事我见得不少了。我不能不思索。到底是种什么力量支持着我们的人民，使他们能够忍受不能忍受的艰苦？这就是他们对祖国的热爱。记得有一次在安东车站上，我见到一列从朝鲜开回来的伤员列车。一个伤员下车了，头一脚踏到祖国的土地上，他流了泪。他为什么哭呢？难道说因为疼么？当然不是。你问他，他也不说。但我们完全能够明白他的情感。他离开了祖国，离开了家庭，不知在朝鲜打了多少仗，经过多少艰苦，为的是什么？为的就是我们的祖国啊！现在他为祖国受了伤，头一脚又踏到祖国的土地上，他的感情怎么会不激动，他怎么会不流泪呢？

还有一次，从祖国送去许多慰问品，都装在木头箱子里。当时我正在一个炮兵阵地上，看见慰问品发完了，剩下些破木箱子，正好劈了当柴火烧。战士们却不让烧，把箱子还是劈了，每人抢了一块。当时我不懂得这是为什么。第二天，我就懂了。原来每个战士在木板上钉了四根腿做了个小板凳，行动不离总带着它。我问战士们这是为什么，一个战士笑着回答我说："我坐在这个小板凳上，就像坐在祖国的土地上一样！"话是简简单单几句话，可是我们战士对祖国的爱是怎样深沉啊！正是这种人世间最高贵的爱鼓舞着我们志愿军的斗志，也反复激荡着我的感情，逼着我想写他们。《三千里江山》的主题正是这样来的。我写的只是很浅很浅的一点东西，和我们人民的行动感情很不相称，但这一点也是我们人民给我的。

二

在写作《三千里江山》时，我遇到一个问题，就是对英雄人物的认识问题。朝鲜战场上的英雄是太多了，不写英雄，根本就无法表现我们人民那种高贵的思想品质。

什么是英雄呢？英雄不是神而是人，而且是差不多像我们一样的人。但在党的培养下，他首先具备着先进人物的思想感情。黄继光在成为英雄以前，就是个出色的战士，但他并不比一般先进的战士更为特殊。有一天，他开花了，他就是英雄。他可以成为惊天动地的英雄，其他的战士又何尝不可以？到今天黄继光式的英雄已经不止一个了。也不止在前线，在祖国的生产建设战线上，不是也有着千千万万的英雄人物吗？

我到过西北，看过正在修筑的兰新路。有一次，大水把一座木桥冲走了。会游水的人争着跳下去抢救。当时有几个不会游水的人也跳下去，一下子就没顶了。后来幸亏被会游水的人救上来，差一点没淹死。上级问他们说："你们不会水，为什么也跳下去？"他们说："我看见桥下去了，我也下去了。"千万不能认为这事可笑，这正是我们人民的一种高贵的忘我精神。中国人民本来是优秀的，党更培养了我们，发扬我们的优秀的品质，使我们每个人都在发热，都在发光。党就是这个时代的灵魂，也是英雄的灵魂。我认为，这就是我们革命的英雄主义的基本来源。

英雄是从平常人当中成长起来的，这是我对英雄们的基本认识。也正是在这个认识的基础上，我在小说里处理的英雄都是十分平常的人物。我说过，我在小说里想要着重写的是我们人民的爱国主义。我企图从两个主要问题上来表现这种思想：一个是爱，一个是生命。爱与生命永远可以当做文学的主题。由于时代不同，当然这两个问题的意义也不同了。在我的小说里，我想通过一个叫姚志兰的女电话员和火车司机吴天宝来表现爱的问题。他们俩本来要结婚，但为了抗美援朝，不结婚了。这样的事当时是很多的。摆在姚志兰面前的本来有两条路。她可以不去朝鲜，可以结婚，谁也不会勉强她。中国人民的良心却不允许她这样做。她不追求个人的幸福，她去朝鲜了。从远的方面来说，个人幸福和整体的幸福是一致的，但在具体问题上不是没有矛盾。姚志兰爱她的未婚夫，却不停留在个人的私爱上。她把她的爱发挥得更高，对吴天宝说："你把爱我的心情去爱祖国吧！"她明白，没有祖国，爱情也是痛苦的。为了祖国，吴天宝牺牲了。为了整体的幸福，我们的人民永远能够勇敢地牺牲个人的幸福。

再谈生命。属于个人的东西，没有比生命更宝贵的了。一个人，只有一条生命，生命一结束，他就从世界上走开了。所以考验人的最高标准也是生命。要接触到这个问题。不接触这个问题，就接触不到英雄的本质。我在小说里处理了一个怕死鬼，有崇美、恐美病，他可以讲："我只有一条命，死了就不能为人民服务了。"其实，这种人最自私，根本经不起生命的考验。我也处理了一个叫车长杰的工人和火车司机吴天宝。他们是最爱生命的。吴天宝还很年轻，像是一朵刚开的花朵，对生活抱着极大的热情，对什么事都有极浓的兴趣。在他，生活就是欢乐。可是，正是他，当人民的胜利维系在他身上时，他可以毫不吝惜地献出自己的生命。许多同志提出这个人物死不死的问题。有的读者写信给我说："你太残酷了，怎么把他处理死了!"也有的同志说:"根据中国人民善良的愿望,是不愿意好人死的。"说老实话,我也不愿他死。我在朝鲜前线给工人战士和干部读过两次,每次读到他死的那一段,就读不下去,非停顿一会儿,控制一下自己的感情,才能继续读下去。最近我在北京又把小说修改了一次,还是没有叫他活过来。我见过不少的同志,就像吴天宝这样的人勇敢地倒下去了。胜利决不是轻易得来的,胜利正是许许多多这样的好同志拿生命替我们争来的。如果你为吴天宝难过,你就永远记着他吧!记着那些替我们创造幸福的人。这些人,为了对祖国人民的热爱,献出了自己的家庭、幸福,甚至于生命,这才是人世间最伟大的爱。

除了爱与生命,我在车长杰这个人物身上,还寄托着我对我们人民的一种感情和认识。这个人害夜盲症,不好出头,不爱讲话,一天到晚总是闷着头做事,后来也牺牲了。看过《三千里江山》的人差不多都喜欢他。我处理这个人物时,是想通过他来表现我们中国人民的一种特质。他一生不声不响做了许多事情,最后死掉了,他的事迹也不被人注意。我到大西北时,汽车跑在戈壁滩的公路上。路修得很好,但修路的是谁,我们提不出一个工人的名字来。长城是中国历史上伟大的建筑,今天还存在着。修城的人是谁,我们一个也不知道。甚至于我们住的房子、吃的粮食、用的家具,每种都沾着劳动人民的血汗。这是谁给我们的呢?我们不知道。但我知道,这就是车长杰那样的人给我们的。他给了我们许许多多,从来却不向我们要一丁点东西。写到他死时,我控制不住自己的感情,出来说话了:"活着的时候,他悄悄地活着;死的时候,他悄悄地死了。报纸上不见他的姓,传记上不见他的名,但在他悄悄的一生中,他献给人民的是多么伟大的功绩啊!"

这里所谈的应该说，只是我企图在作品里表现的思想。但我知道，我是没很好地表现出来我想表现的。这一点，正是我创作上极大的痛苦。

三

我也想谈谈感情。我们常说：思想是作品的灵魂。但如果只有思想而没有感情，那种灵魂也是死灵魂。曾经有一位同志批评我说："杨朔啊，你的作品干干净净，有头有尾，就是没有感情，不动人。"我这个人是没有感情吗？不，人都是有感情的，连动物都有感情。马和人处久了，见了你还要用鼻子拱你的前胸呢。那么为什么我过去的作品缺乏感情呢？说实在话，从前我有一种不正当的顾虑，觉得自己是个知识分子，身上有很多非无产阶级的东西。虽然经过整风学习，总还留着尾巴。因此，我在作品里，有意不写感情。我怕一写感情把非无产阶级的感情流露出来，就不妙了。其实这是骗人，也是骗自己。感情不是孤立的，感情是从思想来的。思想对头了，感情就对头；思想不对，你即使不写感情，你的作品照样会暴露出你的错误。

还有一方面，就是自己对人民的看法问题。过去我写工农兵，总是把工农兵写得非常粗率，没有感情，以为一写感情，便是小资产阶级，不像工农兵了。这是对劳动人民的可怕的歪曲。其实，劳动人民是最有感情的，比起我们的感情要丰富多少倍。在我的一生中有许多事很难使人忘记。在朝鲜，我就遇见过这样的事。那时候还是1950年冬天，风雪很大，我和几个同志徒步往前线去。我们都背着粮食，不想时间算得不准确，走在半路粮食没有了。这时我们在山沟里碰到一班志愿军战士。他们过江后经过几十天战斗，头发很长，衣服也破了，情况更艰苦，也是没有吃的，只剩下一点粮食，只能熬稀饭喝了。见我们挨饿，他们就分了一碗米给我们。这一碗米是很少的，要在后方，如果炊事员做饭不小心，从地上也能收起一碗米来。但在当时那种情况里，大家都在挨饿，这一碗米里包含着多么深厚的阶级感情啊！

可是有这样个别的同志，远在祖国的后方，有时就不体会我们人民的感情。姚志兰在她的爱人牺牲后，她忍着泪没有哭，但当她听到五一节那天祖国天安门前的广播，她再也忍不住，唰地流下泪，望着北面说："祖国呵，为了你，我有什么值得保留的，就是生命也可以献出来呀！"有一位同志批评我说："这是概念！"我的作品存在着许多缺点，应该批评。但说这种描写是概念，我受不住。我不怕批评，但我不能忍受这种对我们人民的歪曲。我们人民的感情就是这样纯真，这样高贵，而你说这是概念，这简直是对我们人民的污辱。也有人说，"祖国"的字样用得太多，都用滥了。他不知道在我们志愿军的心上，祖国是怎样亲切的字样啊！每说一遍，每次都有深刻的感受。"祖国——我的亲娘！"有的志愿军曾经为这句话下泪，你能说这是个概念么？

战士的感情也细致得很。我想举个我举过几次的例子。1952年秋天，我到一个炮兵阵地去，发现一座大炮口前，开着一丛鲜艳的红花。我寻思这必是移来的。但这不是移来的，而是本来长在阵地上。战士们挖好阵地，把大炮运进去，不知用炮打了多少次仗，那丛红花却一直保存下来。你怎样体会战士的这种感情呢？一句话，他们爱花。他们不喜欢生活那么单调，愿意看见生活更有色彩。"按照美的原则来改造世界"——他们说不出这句话，这句话却说出了他们的思想。正是由于他们那样热爱生活，他们打起仗来才能那样勇敢。他们战斗，就是为了建设幸福的生活。一个对生活消极的人，永远也不会勇敢。

在《三千里江山》中，我的人物处理得比较有感情了，但也不是没有错误。我写了叫武震的大队长，性格很刚强，同志牺牲了也不流泪。很多人认为这个人不近人情，不可爱。实际上，我们的干部并非不动感情。我遇到的真实事情不是像武震那样，而是这样。一个司机死了，指挥员把死者安排好后，不见了。原来他躲到墙角后，哭得很厉害。见了我他说："老杨啊，我实在忍不住了！"我说："我也是很难过，我们的感情总是不大健康。"他立刻批评我说："你这个人啊，要是看见同志牺牲了，你不难过，你就没有一点阶级感情了！"我不这样处理武震，只强调他的刚强，结果是歪曲了我们人民的感情了。

自古以来，好作品都是有感情的，而且会有时代的感情。我所谓时代的感情是：每个人心里都感到，意识到，但还不明确，还捉摸不定。你捉住了这种有代表性的共同感情，把它写出来了，使每个读的人立刻感到这就是他的感情，这就是他想说可是还没说出的东西，这样的作品就有时代的感情，一定能和人民结合一起。感情永远不死，即使时代变了，那种作品照样能打动人心。这又使我想起了我到西北的情景。我上了古凉州城的钟楼，举目一望，忽然想起唐朝诗人王之涣的《凉州词》，我念了一遍，仍然觉得这是首好诗。

我们读完一部作品，常说这部作品打动我了，或者说这部作品一点不动人。所谓打动不打动，就是说看作品的感情是不是戳了你的心。我觉得，在正当的思想基础上，这种最直接的感觉常常能够衡量一部作品的价值。

我们谁都在努力深入生活。但即使我们到了战场，到了工厂和农村，也不等于深入生活了。只有深入到人的思想感情里去，才能算真正深入生活了。

四

有许多人提出我这部作品的结构散。是散，因为我在考虑结构时有一种想法。过去我写东西，总喜欢追求惊心动魄的故事，这是个毛病。现在我明白一个道理：故事性绝对不表现在热闹场面上，而表现在人物事件的矛盾上。没有矛盾，即使真刀真枪都上了场，也不吸引人；反之，如果你抓住了矛盾，故事就有了。而且矛盾越尖锐，故事性就越强。有的作品没有什么惊心动魄的故事，但从第一场开始，就使人非看下去不可，就是因为一开头便提出了矛盾，矛盾越来越尖锐，一直发展到高峰，矛盾也解决了。我也把故事重点放在矛盾上。我写了敌我的矛盾，也写了人物思想性格上的矛盾。我的小说正面是写我们人民的爱国主义和国际主义思想；作为敌对的思想，我写了崇美恐美的思想。我写了姚志兰，配上了小朱；写了老包头，又配上了大乱——这些人物都在性格上互相矛盾着。我希望把许多矛盾交织起来，织成整篇的小说。但在处理方法上，我没做好。我过分在生活小矛盾上兜圈子，有时甚至离开了主要的矛盾，结构自然要显得散了。

在现实斗争中，要尽可能抓住主要的矛盾，其他次要的小矛盾，都应该围绕着这主要矛盾的发展。而且还应该把主要人物放在主要的斗争上，就是说让主要的人物去解决主要矛盾，这样才更能着重写出你的人物。

也有许多人说我这部小说的语言好，这对我当然是很大的鼓励。不过告诉大家，我在语言上也存在着缺点。

我喜欢用"歇后语"。我曾经醉心于"歇后语"，借此来卖弄自己语言的丰富。我在写《三千里江山》时，这个毛病已经没有了，可是不知不觉还是用了不少。人民的口语中包含着许多歇后语，应该说大部分是从生活中创造出来的，常常很俏皮，很形象，表现了人民的智慧。如果说歇后语是文字游戏，我不能同意。《红楼梦》和《水浒》里的歇后语不就很多吗？可是应该选择。有些歇后语很庸俗，甚而是从敌对阶级来的。歇后语用多了，也会影响文字的流畅。

用字一定要明确精练，使人看到这个字就在脑子里直接唤起一种动作，一种感情，一种思想……拐弯抹角才使人想到你所描写的事物是不好的。中国古典的文学作品最会提炼语言，常常是很少的字却包含着非常丰富的内容。唐朝有位诗人作了句诗是："僧推月下门"，觉得不好，想改做"僧敲月下门"，又下不了决心，于是一路走着一路做着推敲的手势，把人家的路都挡住了。这像个笑话，但是可见这位诗人用字是怎样的煞费斟酌。我在用语上所以存在着缺点，就是推敲不够的原因。当然我的意思不是说要雕琢字句，我是说，我们应尽量选择最明确最精练的语言来表现我们的生活思想。直接向生活学习语言，这应该是我们的方向。

夜读《志愿军一日》

夜深了，有点凉。我放下正在读着的《志愿军一日》，出神地望着窗外，恍惚当中，忽然觉得窗外好像正刮着北风，飘着漫天大雪。我走出门去一看，没有风，没有雪，天上悬着又大又圆的月亮，满院铺着霜雪一样白的月光，几棵晚开的草茉莉飘着细细的清香——花好月圆，这是个难得的秋夜。我站在月亮地里，我还是觉得好像是立在风雪里。我的精神沉到刚才读着的《志愿军一日》里，拔不出来。我完全被这本书迷住了。

我刚才是在读书，也是在回忆。我随着这部书的第一组文章《跨过鸭绿江》而重新走到六年前的朝鲜战场上去。我冒着寒风朔雪，连夜行军；我冲着漫天炮火，接近战场。我听见了震动山岳的喊声，我看见了我们的战士怎样在烟火里奔跑、跳跃、射击，终于迎着火光，像一面红艳艳的旗帜似的，直立在刚从敌人夺得的山头上。

我急切地翻着书，跳跃着读下去。随着书的发展，我仿佛正在亲身经历着像志愿军战士一样艰苦的生活，一样壮烈的战斗。我又看见了黄继光、邱少云这些我们十分十分熟悉的人物，我也看见了更多更多的出色的英雄。我的感情掀起了翻腾的波浪，一会儿留恋，一会儿愤慨，一会儿激昂，一会儿欢笑……而当最后我读到《和平万岁》那几篇文章时，我的心止不住发颤，我的眼里忽地涌满了眼泪。这不是痛苦的眼泪，这是从艰难困苦中争得的胜利所激起的最大的欢乐。

这部书里集中的是许许多多篇散文，每篇也许并不完整，但是合起来看，却能反映出抗美援朝战争的整个过程，形成很完整的故事。

这不是一个人的创作，这是许许多多人所记的个人的经历。写稿的人有志愿军的高级指挥员，有战士，还有各种形形色色的人物。这些人曾经用他们整个的生命投进朝鲜战争里去，创造出惊心动魄的历史，现在又用笔亲自写成这部书。这部书就凝结着血汗，凝结着生命，凝结着中国人民最高贵的思想、情感和品格。

千万不能把这部书看成一般的文艺作品。这是创造历史的人亲自创造的一部震动人心的历史文学。志愿军的功绩将永远照耀在中国历史上，《志愿军一日》也将要在中国文学上放射出照人的光彩。

我实在喜欢这部书。我感到：能和有这样创造力的人生在同时代里，是个荣幸，也值得骄傲。

我望望月亮，我觉得月亮好像是志愿军亲手捏出来的；我闻闻草茉莉花，我觉得这些花也好像是志愿军亲手剪裁出来的。在这样花好月圆的秋夜，读着《志愿军一日》，我不能不好好想一想：是谁曾经在中国人民危急的时候，付出血汗和生命，为我们今天的建设开辟出远景来？十分应该能有一本书，比较完整地记录下志愿军那些不朽的功勋。现在我们总算有了一部。

《六十年的变迁》书后

作为一个人,要是不经历过人世上的悲欢离合,不跟生活打过交手仗,就不可能真正懂得人生的意义;作为一个中国人,要是不懂得自己民族曾经走过怎样艰难曲折的道路,才发展到今天,就不容易深刻体会到今天的可贵,进而激励自己去参加明天的创造。

《六十年的变迁》的好处,就在于既有人情味,又有丰富的历史事实,看了,教人对生活和未来都有信心。小说起初发表时,我零零散散读了些章节,后来又见到作者,听他本人一谈,更觉得这部书的难能可贵。请想想,已经是七十高龄的人,满头霜雪,又有脑病,居然能坚持不懈地完成这部小说,而且还在继续往下写,这种创造的毅力,先就值得惊叹。

这不是一部自传小说。小说里的主人公季交恕自然有作者的影子,却又糅合进去一些别的材料,捏成这个人物。作者李六如同志的一生就不是平静的。有欢乐,有苦恼;有成功,也有失败。从大风大浪里走出来的人,最懂得风浪。他把自己的生活经历,自己尝过的人生滋味,自己的眼泪,自己的喜笑,都渗透到小说里，小说的许多章节便刻画出生动的人情世态。比如说《如此家庭》那章，再比如说《亡命走钦州》那章，写家庭和官场那种种钩心斗角、虚伪狡诈的场面，也称得起是淋漓尽致了。我在读这本书时，曾经想：作者并不曾有意去控制小说发展的矛盾点，因而缺乏强烈的故事性，可是为什么一拿起书来，就有这样吸引人的味道？味道就在于那丰富的人情味，那五光十色的生活画面。

这也不是一部历史小说。不错，小说里有历史上的真实人物，也有历史上的真实事件，但也不乏虚构的人物和情节。作者只是想通过一个叫季交恕的主要人物作线索，用几十年的中国历史作背景，展开一幅中国近代社会生活的侧面。作者曾经长期滚在粗风暴雨似的民族和阶级斗争里，也就能写出许多珍贵的革命史料。武昌起义好像是尽人皆知的大事情，我小时候从课本上，后来从近代史上，都读到过。可是如果有人追问我武昌起义究竟是怎么个经过，我干脆闹不清。黎元洪也是我们过去常听说的人，明明是个军阀，怎么忽然会变成起义的"首领"，更教人摸不着底细。《六十年的变迁》算给我打开了历史的窗子。小说不但勾画出蒋翊武、刘复基等义烈汉子，还痛快淋漓地描绘出黎元洪的本来面目。这些地方，你读起来，真像酒后喝下一碗酸辣汤，使你对历史更加清醒。

我以为，恰恰是这种深厚的人情味和历史味，构成这部小说主要的特色，而李六如同志极其激荡的生活经历，正是他老人家在文学上"得天独厚"的地方。

至于文字的工与不工，人物性格鲜明不鲜明，反正都掩盖不住作品的特色，我就不想去谈论。我只想写出自己最突出的读后感，题在书后，算是自己的一则读书笔记。

寿亚非作家会议

10月是个收获的季节,也是播种的节期之一。收获的是满地黄金一般的谷物,收获完毕就该翻耕土壤,播种上凌霜傲雪的冬麦了。

1958年正是在这样一个季节,塔什干聚集着从亚非各国来的作家,召开一次令人难忘的会议。塔什干真是个叫人心醉的漂亮地方。瓜果正在大熟。你随便到一处去,看见那累累垂垂的各色妙种葡萄,尝到那甜得出奇的中亚细亚特种大瓜,你的心就要陶醉。且不用说再去喝那又浓又醇的乌兹别克葡萄酒了。

更叫人心醉的却是从每个作家心口倾倒出来的友情。那比最甜的瓜还甜,最醇的酒还醇。尽管大家的相貌服装千差万别,有时连语言也不通,可是,正像唐朝诗人李义山的诗句所写的:"心有灵犀一点通",这就把大家的思想感情拴成一条藤儿了。

那次会议确实可以称做人类文学史上的一场大丰收。那么多具有代表性的亚非作家,有许多来自曾经是人类幼年期的文化摇篮地带，互相交谈，互相报告着本国的文学情况，汇集一起，仿佛是一本光彩照人的亚非文学史，而这也就形成世界文学极其重要的一部分。当然也播下使亚非文学更加肥壮茂盛的种子，那是在这个会议上播种的反殖民主义的共同意志。作家们深信：如果不从地球上彻底消灭危害人类文化的殖民主义和帝国主义，亚非和世界文学便不可能蓬蓬勃勃地发展到应有的高度。

于是一面极其鲜亮的反殖民主义的大旗从会场上扬起来，成千的作家站到这面大旗下面，一时使会议变得像是亚非作家的誓师大会：决心一齐向殖民主义者发动正义的十字军，扑灭殖民主义，建设人类的自由、独立、幸福的生活。这就使那次会议在人类文学史上具有崭新的意义。

这一页新的人类文学史翻开的当儿，恰恰是亚非人民反帝斗争进入崭新的胜利时期，自然要吓得帝国主义者胆战心惊，甚而寻方设法加以破坏。可是正如中国古语说的："蚍蜉撼大树"，谁又能阻止历史注定的反帝洪流呢！且看看那些非洲作家的情况吧。他们是加纳、塞内加尔、安哥拉、喀麦隆、乌干达、尼日利亚、索马利兰等许多国家的好儿女，但是他们却多半不能居住在自己土生土长的国土上，受着生活的压迫、政治的迫害，流亡在异国他乡，当码头工人，做小职员，更多的人在为自己祖国的独立而奔走呼号。谈起自己的祖国，他们的眼睛里会闪着激动的泪光，叹息着说："没有祖国的自由，还有什么个人呢！"从他们的诗篇和散文当中，你可以听见他们对非洲的痛苦的怀念，更可以听见他们要求自由的激昂的呼声。塞内加尔的小说家奥斯曼曾经对我说："我写的不只是字，而是对准帝国主义者胸口射出去的子弹。"

善良的人总是在梦想着美好的生活、美好的未来，终生致力于创造和平幸福的生活。但这不是唾手可得的。和平的敌人无时无刻不在设法毁灭我们的理想和未来。想想殖民主义者在亚非两洲和地球上别的地方所犯的滔天大罪就尽够了。真正的文学永远和人民的命运连在一起。许多年来，反殖民主义的斗争既然密切关联着亚非人民的命运，每个有良心的亚非作家不能不站到人民的行列中，拿起笔，为着人民的命运而进行战斗。正是在这种庄严神圣的共同理想和共同战斗的基础上，通过这次会议，亚非作家才能结成如此深厚的友情，也只有建筑在这种基础上的友情才是世界上最真诚最牢固的友情。

　　殖民主义者一贯恶毒地侮蔑亚非人民的文化，说我们野蛮愚昧。难道他们能抹煞人类的历史么？沿着黄河、恒河、幼发拉底和底格里斯河、尼罗河以及阿木河等，人类曾经创造出多么辉煌的文化啊！这些河在地理上互相分割着，相隔十分遥远。它们却都流入大海，汇合一起，形成一片大洋。在那次会议上，从亚非两洲各个角落涌来的文学河流，汇合一起，也形成了一片波澜壮阔的文学的海洋。在会场上挂起的许多旗帜，真像海洋上扬起的片片航帆，鼓浪前进。好一片招展的反殖民主义的旗号！

　　会议转眼便是一年。冬麦永远不怕雪埋霜打，永远能在霜雪里显出极绿的生意，到春天，便旺旺盛盛长起来，秀穗开花，又可以得到更丰饶的收获。曾经在塔什干会议上播下的籽儿也是这样。这一年来，殖民主义者和他豢养的走狗无日无夜不在挖空心思，仍旧妄想挑拨亚非人民的友好关系，破坏亚非人民的和平生活。难道说这种人为的寒霜冷雪能够摧残亚非作家的精神么？决不会的。我们深信凡是有正义感的亚非作家，一定会更高地举起反殖民主义的旗帜，用笔戳穿殖民主义者的阴谋诡计，进一步加强亚非两大洲人民的友情和团结。下次再开亚非作家会议的时候，曾经在第一次会上播下的种儿定会发芽成长，开出更美的花，结出更加丰硕的果实。